남과 북

고은 시집

창비

남과 북

초판 1쇄 발행/2000년 2월 15일
초판 4쇄 발행/2008년 9월 20일

지은이/고은
펴낸이/고세현
편집/김성은 공병훈 염종선
펴낸곳/(주)창비
등록/1986년 8월 5일 제85호
주소/413-756 경기도 파주시 교하읍 문발리 513-11
전화/031-955-3333
팩시밀리/영업 031-955-3399 · 편집 031-955-3400
홈페이지/www.changbi.com
전자우편/literat@changbi.com

ⓒ 고은 2000
ISBN 978-89-364-2711-5 03810

이상화에게

저녁

생애의 절반쯤은
나그네였다

나그네로
강산의 뒤를 다녔다
이루지 못한 소원이 남아 있다
내 자식만이 아니라
남의 자식
하나나 둘을 기르고 싶었다
그런 다음에야
누구의 친구가 되고 싶었다
누구의 친구가 되고 싶었다

지금 남과 북
온통 하나의 낙조 속에 가슴 가득히
못내 아름다워라

차례

대낮 감포

흐느끼지 말라
아침 해돋이 따위에 사로잡히지 말라
그런 건 후딱 주어버려라
빈 몸
벌거숭이 몸으로
온통 맞이해야 할 것은
한낮 정오의 태양
온통 삼켜야 할 것은
정오 직후의 태양
그 작열하는 백색의 절대와 맞서라
그 백색의 어디에 박혀 있는 흑점을
네 질긴 숨결로 빨아먹어라

경주 너머 감포 그곳에 가
한낮 태양을 부여안아 깡그리 불타올라라

백마강

백제 옛터
허전한 날이었다
부소산 소나무들 아예 보이지 않는
저 아래
흘러가버린 강물쯤
아버지 없는 딸인 듯
그런 감감한 봄날이었다

일찍이
삼천 궁녀 울며불며 물에 빠져 죽어가는 것
그런 멸망 모르던
저 아래 강물쯤

허나 자주고름 벗겨진 궁녀 치맛자락
슬며시 떠오르는 강물쯤
그런 무심한 강물쯤에 이름을 주어
백마강이라 하자

거기서 바라보면 여기가 온전히 아지랑이
여기서 거기 바라보면 온전히 아지랑이뿐인
그 어리석은 사이를 흘러가버린 강물쯤
거기를 새로 백마강이라 하자

14

어쩌다가 강물 위 고기 펄쩍 뛰어오르는 마당 같은 달밤이었다
벌써

유령의 노래

내 오랫동안 떠난 항구 같은 목적이 이루어졌다
허공 속
지난날 구원 없는 세상을
그 백만분의 일이라도 바꾸지 못한 것이 원통하였다
오 돌아갈 수 없는 나그네
그곳에서 살았던 목숨의 하나였다면
어찌 그것을 몰라보고 말았더냐
오 돌아다볼 수 없는 나그네 뒷모습
그곳을 떠나 허공 속
여기 스산한 대류권(對流圈) 공중
내 오랜 목적 그대로
한갓 무명의 유령으로 떠돌고 있다
내가 떠도는 위층
그 수증기 한그릇도 허용하지 않는
투명한 성층권에도
누군가가 유령으로 떠돈 지 오랜 듯
이따금 흰 광택이 반짝인다
그러나 나는 그 위층보다
저 지상의 한반도쯤을 무위로 내려다본다
오 난해한 것투성이
오 난해한 것투성이
아직도 고된 싸움이 남은 땅을 내려다본다

아무런 책벌도 주지 못하는 제트기류 언저리에서
날개 없는 유령으로 떠돌고 있다
그럼에도 내 국적은 한반도였다 아프간이 아니었다

서수라

온갖 지식과
온갖 인습 밖에 내버려져
울고 있는 곳이 있다
울다가
울다가
언제나 울음이 모자란 곳이 있다
서수라

한반도 동북단 두만강 끄트머리
서수라 며칠

네가 있어
쓸쓸한 사람들 대부분이 한편이다
네가 있어
그들이 썰물같이 좀더 쓸쓸하지 않다
서수라

강이 다해서
무엇이냐고
바다는 무엇이냐고 묻지 말라

느닷없이 바위가 일어서서

커다란 앞바다에 대고
힘껏 파도를 뒤집어쓰고 있다
귀머거리에게
무슨 파도소리냐고
무슨 파도 밑창 조갯속 진주의 작은 어둠이냐고
묻지 말라

쓸쓸함이 끝내 힘이라면
아 바람 부르짖는 천막을 치고 싶어라
고아가 되고 싶어라
늙어빠진 과부가 되고 싶어라
산전수전 지친 등짐장수가 되고 싶어라
마지막 기억조차 빼앗긴
스파이가 되고 싶어라
지령 끊어진 지 오래

다시 서수라

블라지보스또끄로 가는 배가 보이지 않는다
수평선은 어제도 오늘도 배가 고프다
이제까지 있었던
강이 없다
아래로
아래로
내려오며 벗이었던 강이 없다
뒤척이는 한밤중 파도 가까이
납작 엎드린 지붕들이 있다

서수라에 긴 겨울이 왔다
누더기 한벌로
아기 낳은 몸 떨며
곱추위를 견디었다
갈참나무 섬유의 누더기 이불
그것으로 어림없다
개를 껴안아
더운 개 몸통으로 겨우 몸이 얼지 않았다
오직 개만이 진정한 육친이었다

1년 내내
누가 오지 않는다

오 머나먼 라디오여
바람만 열사흘째 불었다

지난 여름과 올 여름은 같다
시아버지 처진 불알이 있고
해산한 며느리 알몸도
부끄러울 것이 없다
옷이 없어
서로 알몸이었다
여기가 네 고향이다
어린 갈매기들이
돌아오는 고깃배 없이
돌아오는 고깃배를 꿈꾸며 날고 있다
갈매기 울음소리가 과녁이다
장차 자라난 아이가 쏘아야 할

여기가 네 고향이다 쏜 화살처럼
떠나라

서산 마애불

서해는 바다가 아니라 마당입니다
마당이고
마당의 식구들입니다
누가 살지 않아도
바다 스스로 부지런히 물결지어
어제도 오늘도 쓸어오고 쓸어갑니다
그런 마당입니다

심해어가 내 조상입니다

내 조상 대대
바다 위에 떠올라 어느덧 삶을 바꿔
바다 기슭의 사람이었습니다

바다 기슭 벼랑에 새긴 부처였습니다
해질녘
온통 석양에 물들어
새겨진 가슴속 설렘입니다

충청남도 서산 마애불이 내 조상입니다
서천축 그 사람이 아닙니다

이때가 가장 찬란합니다
해 진 뒤 지그시 눈떠
먼데 바라봅니다
바다 한가운데
한점 섬의 벼랑에
벌써 어둠속
새겨진 아기부처 때문입니다
무슨 영겁의 자식이 아닙니다

오늘은 서해 조기떼 지나가는 소리
그 바닷속
장엄한 여행에
두 부처가 함께 귀기울입니다
아기부처가 더 환히 들어
조기떼 가운데
뒤처진 놈들에게
상어가 다가오는 것도 알고 있습니다
그러자마자
아기부처의 짧은 비명이 있었습니다

마라도

어떤 도량형에도 의존하고 싶지 않습니다
그 지긋지긋한 저울눈을 건너
여기 마라도에 왔습니다
어디에 무(無)! 이것만큼
새로운 것이 있겠습니까

인기척 없이
아홉 가호 중의 하나에
여든여섯살의 할멈이 있었습니다
지난해까지
사나운 파도자락 밑으로 내려갔습니다
전복과 해삼을 따서
솟아올라 참았던 숨 터뜨렸습니다

물위의 기우뚱거리는 수평선 어느 쪽엔가
언젠가 죽은 영감
서른살 때 갈치잡이 얼굴이 있었습니다
이제는 하루내내 앉아서 귀가 멀었습니다

그 정도의 그곳 과거에 이어서
내 서툴기 짝이 없는 시작이 있습니다

갈매기 똥이 이마에 떨어졌습니다
갈매기 똥의 바위들
한반도 남쪽 끝 마라도는 이런 삶으로 힘껏 혼자였습니다
온갖 시대의 조잡함을 전혀 모르고
완벽한 조각의 무언으로 이렇게 박혀 있었습니다
더이상 무엇이겠습니까
있어야 할
저녁 종소리조차 쓸모없습니다
하물며 새로 올 손님이라서

천지

문득, 세상 떠난 아버지와 함께
여기 왔다
그 아버지가 말했다
좀더 있다가 내려가자

다시 천지

어떤 종교도 사절한다
비바람쳤다
열여섯 봉우리 절벽
스물여섯 봉우리 절벽 없어졌다
어떤 교리도 거절한다

어떤 욕망도 거절한다
햇빛이
시퍼런 칼날 가득히
물에 꽂혔다
시퍼런 물

무신(無神) 그것
아무것도 꿈꾸지 않는 순간들이
천지에 담겨 있다
어떤 사랑도 추방한다
어떤 적도 동지도 와르르 무너진 뒤

오직 여기만은 누구의 유산도 소유도 아니다

칠보산

16세기 말 조선조 산중에는
티벳사람 귀화승 능호가 있었습니다
본디 4천미터 아래로 내려와
이 세상의 몸으로 길들여졌습니다
아주 옛날
티벳 황제는 젊은이 20명을
아랫세상 인도로 보내어
큰 공부를 시켰는데
비실비실 하나둘 죽어버리고
한 사람만 달랑 돌아왔지요
돌아와서도 공부고 뭐고 작파한 폐인 노릇이었습니다
세상사람 그곳에 가서 살기 어렵고
그곳 사람 세상에 내려와 살기 어려운 것을
오로지 능호는 여기저기 떠돌며
4천미터 아래의 허파로 잘 맞춰 길들여졌습니다

그이는 진작 히말라야 서쪽 아라비아와
인도
그 뒤로 돌아나와 서역과 중국
몽골까지도 떠돌며
여러 산들의 혈맥을 짚어왔습니다

북인도 영축산에는 72개의 명당이 맺혀 있고
풀포기 모르는
아라비아 구지산은
그 본맥과 지맥 마주한 곳에
딱 하나
용이 휘돌아 본바탕에 향하는 형국이 있었습니다
그것도 슬그머니 알아맞혔습니다
그런 뒤
동으로
동북으로 와
큰 땅을 걷고 걸어서

조선 백두산 동쪽 기슭
누런 학이 등지고 돌아가는 형국이요
묘향산 서쪽
장군이 칼을 뽑은 형국이요

옛 옥저땅 고기잡이 할아범의 나라이던
그곳 칠보산 동쪽 비탈
주렴발 말아올리고 전각에 오르는 형국이었습니다
여기라면 좋겠다 하여
주렴발 내려

칠보산 동쪽
행여 금시발복 따위가 아니라
그저 한여름에 와
며칠이고
칠보 개심사 명당에 발디뎠습니다
내 마음 활짝 열었다 하나
어디에도 마음이란 도적놈 잡히지 않았습니다
넘어가면 거기 애꿎은 바다 무서운 약 같은 바다

누명을 벗겨라
네가 가
도적놈의 누명을 벗겨라 외치는 소리
그런 파도소리 있어
이 세상 원한이 떠납니다

벌써 가을이 왔습니다
바람에 꿀이 묻어 진득였고
물에 여러 마음조각 번집니다
기어이 주렴 올려
가을 단풍이었습니다
한 아이가 갈 곳 없이 꺼이꺼이 울어
어린 몸에 다 단풍들어버렸습니다

바다 칠보

바깥 칠보였어
안 칠보였어
백년이나 좋은 사이
부엉이도
그 사이에는 조심스러워
다른 데 다니러 가고 없어
바다 칠보
거기 가면
바다하고
바위하고
소나무하고 셋이었어
사람은 없어도 되는데 굳이 있어
두 사람 그 무엇으로 미친 계집과 사내
두 바위로 바다 위에 서 있어
내일모레쯤 똥 마렵게 서 있어

백비(白碑)

비석에 새겨진 것이 없다 맨비석이다
누구의 무덤인지
누구의 비석인지 모른다
나는 그 비석을 알아보기 위해서
그 일대의 마을들을 찾아갔다
거의 모른다고 고개를 흔들었다
며칠 뒤
두 마을 넘어
허리가 직각으로 굽은 노인을 만났다
그 노인이 알고 있었다
또 한 사람의 노인을 만났다
그 노인이 히미꾸레 알고 있었다
돌아오는 길
다른 사람은
두 노인과 다르게 알고 있었다

전남 장성군 황룡면 아곡리
조선 명종 때 사람 박수량의 무덤이었다
맹자를 만번 읽은 선비였다
대숲 속
아무런 벼슬도 없는 사람이었다

서해안 소금 절은
하얀 돌을 캐어다가
앞뒤 맨비석을 마련했다
깡술을 마신 뒤
아들과 시집간 딸을 불렀다

내가 죽거든 화장할 것
무덤 없을 것
다만 내가 잘 가던 저 언덕에다
이것을 세울 것
이게 내 무덤이고 내 비석이다

아버지가 죽은 뒤
아들이 그대로 따랐다
그 아들이 술 취한 채
한술 더 떠서
어린 아이에게 말했다
녀석아 나 죽거든 아무것도 세우지 말아라
백비든 무슨 비든
어차피 이 풍진 세상 겉치레라
나는 이런 사연도 아슴히 들었던 듯하다

하단

사랑하던 당신을 묻고 와서
낙동강 하류 하단 갈대숲 속 여기쯤에서
가만히 서 있습니다
초겨울 마른 갈대들이 좀 흔들려줍니다
기나긴 강물은 지친 듯이 지치지 않은 듯이
저쪽으로 느리게 가고
여기에는
당신이 흘리던 눈물의 보석이 호젓이
내 눈안에 있고
살아 있던 날들의
당신의 높은 웃음소리가 함께 내 귓속에 있습니다
그것이면 더 바랄 나위가 없습니다
술 같은 것도 없습니다

개마고원

사람이고 싶지 않더라
결코 사람 위의 것이고 싶지 않더라
개마고원
묵은 짐승으로 마루턱 어슬렁 올라서서
오래 개마더기 바라보고 싶어라
삼가 구름 일어나지 못하고
삼가 저 건너
작은 짐승들
찍소리 한낱도 없이
오로지 들쭉열매 익어가는 동안
추위에 잔터럭 일어나며
먼곳
입 다물고 바라보고 싶더라
오늘도
내일도

아 무어라고 지껄이는 자 극형에 처함이여

구월산

가랑비 뒤 허욕을 버려라
재령 나무릿벌 어린 모 남은 바람에
살랑살랑 자라난다
어여뻐라 어여뻐라
세상은 구호 아래 괴괴하고
해설피 서녘 하늘 가
구월산은 의젓이 혼자였다

좀더 가까이 안악에서부터
구월산은 혼자가 아니라
여럿이었다

덧없다 하지 말라
늘 다음이 있다
내일만이 아니라
그런 내일 가운데
지난날도 함께였다 여럿이었다

먼저 간 형이 말했다
한꺼번에 노래하지 말고
조금씩 노래하라고
그러는 동안

백년 원수쯤에도 친구가 된다고
덧없다 함은
그런 것이라고

동해 해돋이 앞

동해 울진 평해 영해 영덕
그 아래 칠포 홍해
이런 이름들
바닷가 읍이나 마을 이름들이면
저절로 노래가 된다
아니 칼이 된다
19세기 말
바닷바람에 날릴 옷자락도 없이
한 사내
초라한 행색이나
품은 뜻은
장차 기우는 나라 새로 일으키기 위하여
군신들 모조리 처단할 계책으로
바닷가 억센 소나무들 사이
눈초리 파르르 꽂혔다
숨어 다니는 등짝을 새벽달이 내려다보았다
곧 해돋이인가
동해 수평선 불면의 어둠이 꾸물꾸물 움직인다
때가 온다!

내장산

내장산 서래봉 단풍
단풍말고
빈 산이면 좋겠다

아름다움은 한 백년쯤 푹 쉬어야 하느니
나말고
내 자손 그때에나
새로 몰려오는 단풍이면 좋겠다

비록 아름다움이 아닐지라도
아름답지 못한 여느 여느 것들도 함께 쉬어야 하느니

아 멸망조차도 한갓 휴식이 아니런가
그런 것이면 좋겠다

갈마반도

나에게 필름이 없다
여기저기
놀란 호주머니 뒤져보면서
원산 갈마반도
그곳을 두고 떠났다

절경 앞에서
나는 실패했다

내가 본 것이 진실로 갈마반도인가 아닌가

50년 전
이곳에서 싸움이 있었다
그때의 포성들은 지금 무엇인가
해당화가 떠나는 나에게
가시돋친 줄기로 묻고 또 물었다

주기만 하고 받은 적 없는 만(灣)의 허전한 밤이
곧 오겠다

백두산

죽은 친구의 부탁으로 백두산에 올랐다
친구의 이름을
나직하게 불러보았다
백두산 정상은
그때에야 구름을 걷어올려
제 얼굴을 보여주었다
웅혼한 것
해발 3천미터 미만이라면
아직 지상이었다

지상에는 어느 한가지만 있지 않다
티끌 하나도 내 맞수로
늘 전체였다
친구가 나에게 돌아오기보다 내가
친구에게 가는 것이 내가 내려가는 길이다

다음에 오는 이들이여 부디 여기 와서
가슴 벅차지 말고
사소한 일 하나하나와 함께이거라

혜산

압록강은 폭포들로 쏟아지다가
이제 제대로 강이 되었다
이쯤에서 강은
강의 이름을 가지고 있다

아 이름이란 사람 사이의 한계인가
아이들이야
새나 네발짐승이나
매한가지
그저 무릎까지 걷어올리고
절벅절벅
걸어가면 그곳이 만주땅 장뻬이였다

건너오면
이곳이 조선땅 혜산이었다

두메산중에도 밤 올빼미는 밝고
어떤 사람은 번민에 오래 빠진다
불 꺼진 뒤에도
불이 켜 있는 듯 그런 착각으로
한 나뭇줄기의 굳은 매듭이 된다

그동안 버리고 떠나고 싶어도
떠나지 못한 나라였으므로
오래 살아오다가 죽은 사람들이었고
산 사람은
자라는 아이들을 보며
강 기슭 묘지 옆에
국경경비대 초소가 오도마니 있다
담뱃불이
강 건너 중국 초소에서도
이쪽에서도 서로 말 대신 주고받도록 보였다

한번 떠난 사람이 늙어서
고향 혜산을 건너가지 못하고
강 건너 장뻬이에서 바라보며 소리쳤다
아바이
아바이
하고 그냥 있는지 없어졌는지 모를 무덤에 대고

만월대

폐허가 말하였다
나를 보아라
나를 보아라
6백년 동안 폐허인 나를

내가 말하였다
폐허에서 순정을 더럽혀라
폐허에서 울부짖어라
새벽달이 겨우 네 손을 잡으리라

네가 말하였다
6백년 동안이나 폐허에서
또 하나의 폐허이거라
주춧돌은
다시 주춧돌이 되지 않는다

멀리 파수꾼의 딱딱이 소리
궁녀의 흰 가슴 열려
비단 옷자락
요염한 구리거울에 한숨이 서렸다

내가 말하였다

어떤 영화의 아침도 바라지 않는다
검은 염소 두 마리가
풀을 뜯어먹고 있다
저만치서 안경 없는 눈으로
모든 것이 흐리멍텅해진 풍경 속에 있다
그 노인이 되거라

네 마음속 고려왕조 만월의 밤에 왕이 승하했다
천아성(天鵝聲)이 얼핏 들렸다

선유도

골육이 있는 곳에서
멀리멀리 떠나는 것이 그 시절 남은 길이었다
서로 죽였다
좌의 귀신
우의 귀신이 씌어
서로 죽이고 죽였다
죽이는 것이 없는 혁명은 혁명이 아니었다
적이 없는 전쟁은 전쟁이 아니었다
그렇게 마을에서 죽이지 않더라도
싸움터에서 죽어야 했다
이 몸이 죽어서 나라가 선다면
아 아 초개같이 스러지리라 하는 노래가 들렸다

나는 떠나다가 붙잡혀오고
떠나다가 붙잡혔다
1·4후퇴
아버지와 함께
임시수도 부산으로 가는 뱃길에
고군산 열도 선유도에 닿았다

겨울 풍랑에 내 멀미가 멈췄다
그 섬에서

더 가지 못하고
백사장만 돌아다녔고
꽉 막힌 수평선
그 바다들만 바라보았다

그곳은 무식해도 부끄럽지 않고
가난해도 덜 서러운 곳이었다
뱃주인만이 자주 으스댔다
아 이놈의 날씨가 왜 이 모양이여

정작 고향과 망한 골육을 떠난 것은 그 뒤였다
도둑처럼 돌아올 내가
한밤중 잠자리 이불을 걷어차고
숨 죽여 도둑처럼 떠났다
그 뒤 20년 30년이 흘러가며
내가 잊었던 산야들의 세월이었다
내 마음속 선유도는
죽어가는 세포가 기어이 전해준 구멍 같은 것이었다
파도소리 다 지워진 채
선유도 늦은 동백꽃 그것이 내 첫사랑이었다

내설악 오세암

오도 가도 못하는
눈더미 속
내설악 깊은 골짜기
작은 암자였다

거기에 다섯살짜리 아이 혼자 있었다
긴 겨울 지나간 뒤
어떤 영문인지 죽지 않고
빙그레 웃으며 혼자 있었다
누가 먹을 것을 갖다주었나
누가 땔감을 주었나

아이는 더 커서 공룡능선을 늠름하게 바라보았다

부처란 어린아이의 다음인가

패수(浿水)

패수는 서만주 요하 기슭에도 있다
패수는 남만주에도 있다
패수는 그 뒤로 조선의 대동강이었다
패수 위 살수도
만주 요동에 있다
그러다가 조선 청천강이었다

그리하여 고대 수나라 백만대군을
물속에 넣은
을지문덕의 싸움터는
청천강이 아니라
만주 요동 살수였다
이것은 김주석의 노련한 야전 체험에서 우러난 주장이기도 하였다

고대 중국사 수서(隋書)가 말하였다
고구려 사람들은
패수에 들어가
편 갈라
돌을 던지는 편싸움을 한다고
임금까지도
옷 입은 채 강물에 들어와
그 싸움 이쪽 저쪽 다 독려한다고

목 쉬어 독려한다고

과연 외적을 물리치는 나라의 놀이였다
이마빡에 돌 맞은 핏자국 있어야
집에 돌아가
어머니가 따라주는 술을 마실 수 있다고
그렇지 않고 멀쩡한 몸으로 가면
너는 이 나라의 사내가 아니라고
문밖으로 쫓아낸다고
먼 후대의 내가 감히 말하였다

1866년 미국 무장상선 제너럴 셔먼호가
대동강에 들어왔을 때
평양의 투석군들이 모란봉 밑에서
돌을 던져 대항하였다
이만춘
그는 갑판 위 미국 선원을
보이는 족족 명중시켜
포화를 돌멩이로 막아낸 장부로
조선 팔도에 뜨르르 이름 났다
1998년 여름 북한 평양 대동강
그 가슴 벅찬 저녁 양각도에 건너가

서너 군데 물에 돌을 던졌다 옛사람 시늉이었다

바다의 무덤

경주땅 동해안 산기슭에는
골굴암 여래상이 앉아 있다
높이 4미터
무릎 폭 2.2미터
원만 자비로운 얼굴로
멀리 앞바다 천년 암초 바위섬을 바라보고 있다

신라 문무왕이 죽어
왜적의 침노를 막아내는 동해 용이 되고자
그 유언에 따른 무덤
물속 암초를 파서 뼈를 묻고
그 위에 큰 바위를 올려놓았다
동서남북으로 물길을 터
밀물 썰물이 드나들도록 해놓았다

큰 파도의 밤에는
온통 파도에 묻힌 무덤이었다
동해 1만 파도를 잠재우는 피리가 있었으니
그 피리소리 하나면
파도가 스러졌고
하늘의 먹구름 스러져 달이 환한 밤이었다
그 무렵 바닷속 무덤도 단꿈이었다

진도 아낙네들

섬의 보리밭은 하도나 넓어
그 끝이야 바다에 아리아리 닿아 있지요
이른봄 아지랑이 닿아 있지요
그 보리밭 풀매는 날
이 마을
건넛마을 다 불러들인 듯
우세두세 아낙네들 기러기떼이지요
무어라고 무어라고 푸짐한 입담인데
어느새 보리밭 반의반 넘어섰지요
흥이 나면
호미 든 채
벌떡 일어나
덩실덩실 춤도 추지요
얼씨구 그 춤에 너도 나도 일어나지요
그러다가 다시 내려앉아 풀을 매지요
어느새 반의반 저만치 넘어섰지요
일이야 손에 익어
그놈의 바랭이풀 따위 제가 먼저 뽑혀나는지
일 같지 않은 듯 손에 익지요
때마침 동구 밖에서
밭과 밭 사이 길 들어서는
낯 모르는 남정네 한분 계시었지요

그때 한 아낙 일어나
여보게라우 노래 한 자루 뽑으시고 가셔라우
노래 없이는
세상없어도 이 먹서리 넘어가지 못하지라우
하고 풀 담은 먹서리 길 복판에 던져놓았지요
노래할 줄 모릅니다
하고 나오자
노래 못하면 돼지 먹따는 소리라도
내지르고 가셔야지라우
그제서야 머뭇거리던 남정네
어찌 사람이 돼지 임종이나 시늉하겠습니까
먹따는 소리보다
그냥 밥 달라는 소리나 질러보지요
꿀
꿀
꿀
그러고 나서야 아낙네들 입 찢어져
깔깔대며
이 꿀꿀이 서방님이여
되었소 되었어 어서 가보시겨라우
참말로 상가수(上歌手) 만나보았네그려
먼길 어서 어서 가보시겨라우

나그네는 총총히 잔등을 넘고
밭고랑 아낙네들도 저만치 나아갔지요
나머지 보리밭 한층 좁혀져
어느새 그믐달만치 남아 있지요

수풍호

수풍댐은 한밤중이었다 발전소 터빈은 쉬지 않았다

1930년대 이래
만주까지 쓰던 전력은
수풍댐 수력발전으로 남아돌았다
1970년대
그 수풍호는 더 넓혔고
그 수풍댐은 더 많은 전력을 자랑했다

한 미친 늙은이가 스며들었다
중국 쪽 경비가 느슨했다
그쪽으로 스며들었다
벌써 몇백번째였다
그동안 감쪽같이 몰랐다

댐의 위층 으슥한 쪽을 뚫어갔다
밤마다 조금씩 뚫다가
병 나면 쉬었다
경비가 엄중하면 쉬었고
무슨 일 있으면 쉬었다

그러기를 40년이 지나갔다

더이상 힘이 없었다
포기했다
그러다가 다시 죽을 힘 모아
댐을 파들어갔다

한밤중이었다
오직 그 일에만 매달려
먼동이 틀 무렵
파들어가다가
물이 쏟아져
그 물에 늙은이가 휩쓸려갔다

댐 한쪽이 무너져
수풍호 물이 마구 쏟아져
댐의 일부를 무너뜨렸다
사람들은 멀리서 발을 구를 뿐이었다
엄청난 격류를 쳐다볼 뿐이었다
한달 가까이 지나서야
수풍호는 바닥을 드러냈다
백년 전의 바닥
천년 전의 바닥이 썩은 몸 그대로 드러났다
어느 무덤 흐물흐물 무너졌다

뼈다귀와
옥비녀가 있었다

고구려 한 지방의 무덤이었다
그보다 먼저
발해의 남경 남해부의 무덤이었다

젊은날 내 평생을 다하여
강을 옛 강으로 살려내겠다고
수풍댐을 무너뜨리겠다고 다짐한 이래
그 늙은이는
그 무모한 목적을 달성하고 사라져갔다

그의 무덤은 압록강 하류 지나
서해 어느 물너울 거기였다
누군가가
다시 수풍댐 건설을 꿈꾸어야 한다
그 커다란 물을
동북아시아 하늘 속의 모든 전력을 불러모아
담고 있어야 할
그 커다란 댐을
그러기까지는 실로 오랜만에 압록강은 옛 압록강으로 돌아갔다

조치원

남 고자질하는 사람이 없는 들녘
허술한 장사아치인들
허술한 나그네인들
먹을 양식 싸가지고 가지 않아도 되는 들녘
떠날 제비 드높이 있고
가을은 왜 그다지도 마음 가득한지
그곳을 경부선 호남선이 지나간다
지나갈 뿐
한번도 그곳에 내려본 적 없이
죄스러워라

조치원역 정년퇴직 앞둔 금테모자 역장이
맨드라미 화단의 플랫홈에 서 있다

아오지 탄광

그곳은 끝장이다
더 갈 데가 없다
아오지
그곳은 돌아오지 못하는 곳이다
유언도 남길 수 없다

함경북도 두만강 하류
지하탄광 아오지

떠돌이 막일꾼이다가
부두 하역작업이다가
오징엇배 타고
난바다 나갔다가
끝내 탄광으로 흘러가
돌아오지 못한다

식민지시대 김억동은
언제나 땅속에 있었다
아오지의 사나이
그 땅속에서
벽을 팠다
벽을 파다가 파묻혔다

어쩌자고 땅 위의 아이들은 넷이나 다섯이었다
맏이 광현이가
아버지 김억동의 대를 이었다
땅속 막장
둘째 태현이도
아오지의 자식이었다
갈 곳 없다
셋째 우현
넷째 직현이도 줄줄이 대를 이었다
식민지시대 발악의 막판
둘째 태현이는
아버지에 이어 막장의 어둠속에 묻혀 죽었다

해방 뒤
증산경쟁운동 혁신자로 뽑혀
넷째 직현이는 인민경제계획 두 배의 채탄공
여느 광부보다 두곱 세곱 일했다

골몰한 남포방법으로
채탄굴을 펑 펑 뚫었다
몸 다쳐

열여섯 시간 수술 끝에 살아났다
20일 만에 붕대 풀고
다시 내려갔다
막장 벽이 미장이라도 한 듯
매끈매끈 떨어져나갔다
손에 익고 마음에 익어
땅속의 사나이였다

아오지의 검은 얼굴들
그를 찬양했다
아오지의 영웅이라고
그는 지상으로 올라와
오랜만에 소주 한되를 마셨다
나는 영웅이 아니다
내 아버지의 자식일 뿐이다
캄캄한 밤 아오지 탄더미에 대고 외쳤다

부소산

가랑비 오면
그제서야 젖은 부소산이
산이 된다
그러기 전에는 밭일 뒤 아낙네 쉬엄쉬엄 오르는 비탈일 따름
온통 가랑비에 내내 젖은 뒤에야
홀로 산이 된다

망한 나라의 마지막 도읍이
그 자취도 다 내버리고
한반도에서 가장 심심한 곳이 되어
슬픔이나
기쁨이나
내 마음 밑바닥 후우 불면 흩어질 재 한줌이었다

부소산 기슭 백마강 위 아무 노래도 없다
다행인 것은
비오는 날 팔짱낀 사람 하나 있다

중강진 시인들

세상의 어디도 변경이 아니다
그러나 내 친척의 누구도 상관없는 땅
추운 변경이었다
나오는 오줌의 호(弧)
바로 얼음의 호가 되어 몇도막으로 부러졌다
이 혹한이 지나가야
강의 얼음 두께가 조금씩 풀려
강물이 흐르기 시작해야
계류장에 갇혔던 뗏목들이 간다
아직 남은 겨울이 더 사납다
아무도 오지 않고
그곳에 사는 사람만이 그곳을 견디어낸다
1930년대 후반
그 변경에서 몇사람이 모여
시를 사랑했다
'시 건설'이 창간되었다
서투른 사화집이다
한 호 한 호 내면서 배짱이 생겨났다
조선반도
프롤레타리아 시도 망해버리고
이른바 순수시라는 것도 아리아리 말재주인데
'시 건설'이 나와

조선 전역의 시인 몇십명의 이름을 불러들여
시를 모았다
몇차롄가 시들이 울고 난 뒤의 눈에
별빛으로 빛났다
시에는 변경이 없다
봄이 왔다
압록강 뗏목이 떠내려갔다
4월 하순
중강진의 한 시인이 어쩌다가
그 얼음이 풀린 강물에 떠내려갔다
시체를 찾지 못했다
이제 중강진 건너 만주땅에는
항일의병도 빨치산도 없었다
아편 밀매꾼이나 소금 밀매꾼이 그 대신
경비대 눈 속여 건너오고 건너갔다
남은 시인들이
죽은 시인을 위한 조시를 썼다
아 님은 가셨나요 어디로 가셨나요
어디 가서 촛불도 없이 호올로 노래하시나요

대동강

달밤의 대동강에 섰다
나는 벙어리가 좋았고
옛 시인 정지상이 노래했다

해마다 이별 눈물만 물결지어 더하네

그 물결지어의 '지어'와 '더하네'가
한 소리 되풀이라고
'지어'를 '푸른'으로 바꿔놓았다
14세기 이제현

백년 뒤 근세 서거정은
괜히 고쳤다고
다시 '지어'로 돌려놓았다

그러다가 17세기 김만중이
'푸른'이 좋다 해서
이제현이 고친 대로 오늘에 이어주었다

어허 6백년을 두고
이것이다
이것이다 고치는 동안

대동강은 물결짓고
물결 푸르렀다

(대동강은 좀더 예술이고 한강은 좀더 역사이다)

평양

오래 스스로 지키기 힘든 위엄을
지켜온 곳
그런 백년이 지나갔다

50년 내내 나라의 심장인 곳
50년 뒤
이곳은 좀더 가벼워야 하리

무거운 바위 무거운 공기에 눌려 있지 않기를
무거운 사명에 갇혀 있지 않기를
이곳에
무거운 신이
여러 신들을 징치하지 않기를
어쩌면 옛 위엄 넘어
신석기시대의 자유
신석기시대의 솜구름 있는 하늘 아래
이 세상에서
가장 아름다운 옛 조상의 도시이기를
50년 뒤
나비가 날아다니는 도시이기를

의림지

충북 제천에는
꼭 의림지가 계시어요
그 저수지께서는
고려시대도 넘어
삼국시대도 넘어
까마아득할손
상고 삼한시대로부터 내내 저수지이셨지요
그렇게 오래오래 내려온 물이시라
어찌 그 물이 조상대대의 혼령 아니시리오

겨울 빙어
새끼손가락 크기 몸이 투명하여
그 속에 아무것도 감추지 않으셨어요
얼음 밑 물속에 계시다가
얼음 풀리면
땅속 깊이 들어가시지요
어디로 자취 없이 사라지는 그 높으신 품위를 두고
우리 자손들은 수수하게시리
땅속에 들어가신다고 여쭈어보지요

지난 겨울 빙어회 한접시 송구스러워 이 다음에는 굳이 청하지 않
겠어요

대동문

평양 옛 대동문은
셋이 층층층으로 하나가 되고 말았다
대동문
대동문
대동문

이 3층 현판 각자가
한꺼번에
행여 떨어질세라
그 아래 물러나서
저만치 애꾸눈 어린 아이가 쳐다보고 있다
한나절이 지나갔다

이 세상 대부분의 만상을
성마른 두 눈으로
제대로 못 본다면
한 눈으로 제대로 보아야 할 일

1998년 여름
1930년대 초기의 시간 그대로
대동강의 시간이었다
남한은 온통 속도뿐이고

북한은 오랫동안 속도전이라는 구호의 누리였다

주을온천 가까이

가루눈 날리는 주을 일대는
오랜만에 편안한 곳이었소
나는 마천령 사냥꾼을 만났소
번쩍 칼 맞은 얼굴 흉터 반달이 한쪽에서 빛났소
들쭉소주 한그릇에
목이 탁 트였소

부리부리한 눈이 있고
그 밑의 입심이
그의 참된 사연을 풀어놓았소

여진족 시레란 년
시매란 년
시도란 년
세 년과 살아봤소

한 방에서
어느 밤은 시레와 시매 한꺼번에
어느 밤은 시매와
어느 밤은 시도와 잤소

무슨 개가죽 같은 시샘도 없소

72

시앗도 없소
한 년의 감창에
천장 대들보가 어긋나도
다른 년들
죽은 사또처럼 묵묵했소

그런데 말이오
내가 떠날 때
그년들 누구 하나 울지 않았소
괘씸한 년들

슬픔이란 걸 통 모르는 짐승이었소
어쩌다
빙그레 웃는 것밖에는
슬픔이나
속 깊은 아픔 같은 걸
그년들은 몰랐소

떠난 뒤 나는 그년들을 그리워했소
슬픔 따위가
얼마나 거짓사촌인가를 깨달은 뒤
그년들이야말로 진짜 사람임을 뒤늦게 알았소

주을 온천장
김 꽉찬 탕 안에서
나는 그년들의 이름을 불러댔소
시레야
시매야
시도야
이년들아

나도 범 한마리 때려잡는 대장부지만
그년들의 사내야말로
사흘을 굶고도
끄떡없이 말 위에서 달리는
여진족 사내들이 맞소

시레야 시매야 시도야
나보다 장한 사내에게 너희들의 밤을 원도 없이 한도 없이 다 주
어라
이년들아

마천령 칼 맞은 얼굴은 어느새 코를 골았소
문득 나는 다음 생각을 했소

전주 이씨 태조 이성계
그는 혹시 못난 여진족은 아닐까
그러기에 북벌길 돌아선 것이 아닐까
땅속에서는 뜨거운 온천이 용솟음치고 있소

문막 들

남한강 건너 원주 강릉 가는 길
가지 말라
가을걷이
문막 들 두고
가지 말라
빈 논마다
타작마당 짚 흩어 불놓으니
여기저기
순하디순한 고모부 같은 연기 푸르렀다
가지 말라
문막 들 순이 내일모레면 시집간다
다 빼앗긴 듯한
다 잃어버린 듯한 마음
그 아가씨네 개하고나 정들어
나는 쓰다듬고
개는 꼬리 내둘러
저문 들녘
어느새 초생달 나와 있다
곽씨 마을
이집 저집 다 곽씨여서
나도 덩달아 곽씨 대신 과씨쯤으로 밤이 깊었다
가지 말라

대청봉 밑

대청봉 밑 봉정암을 미련없이 내려옵니다
할머니도 늘 빌었습니다
외할머니도 빌었습니다
어머니도 빌었습니다
이제 빌지 않는 세상에 태어나고 싶습니다
추운 날
에델바이스 몇송이 있습니다

상평 연못

내 고향 옥구 상평에는 둥근 연못이 있습니다
늘여서 말하기는
마한 56국 그 시절부터 있었다 합니다
마한이나
후백제나
세월마다 내린 눈 수북이 쌓여 녹아온 뒤
겨우 몇해 전까지
그 연못 첫여름마다 어김없이
가슴 두근대는 연꽃들이 못 가득히 피어서
어디로 두둥실 떠내려가는 듯하였습니다
아이들이야 애초에 무척이나 어지러웠고 두려웠으며
어른들도 그 연못가에서는
사람들에게 함부로 말 놓지 않고 저마다 다소곳하였습니다
정작 연꽃이야
신새벽 한 찰나에
아득히 내는 소리로 피어난 이래
요염함이여
고매함이여
그러다가
그만 꽃잎 뚝뚝 져버리고 맙니다
바로 그 꽃 피어나는 작은 소리 듣기 위하여
상평의 고종렬 아저씨는 쪽배 타고 가

연꽃 봉오리 가까이
밤새도록 기다리고 계셨습니다
기다리다
기다리다
정작 꽃피는 소리 듣지 못하고
훤히 밝아오는 못 위 돌아오며 노 젓는 소리 애석합니다
아니 지난해에는
그 소리 듣고 하도나 기뻐
얼굴에 그리어진 주름이란 주름 다 살아나
주름투성이로 눈물 글썽거리며 배를 댔습니다

이런 상평 연못인데 전쟁 나기 1년 전
상평 연못에는
연이란 연이 다 떠나버리고
빈 물이 되어버렸습니다
마을 어른들의 푸념으로는
모두 연들이 다른 나라로 떠났다 했습니다
이 나라에는 피바람이 불기로 떠났다 했습니다
나는 못 먹고도 자라나서
이 몸이 죽어서
나라가 선다면
아 아 초개같이…… 하고 슬픈 국방경비대 노래를 불렀습니다

부벽루 현판

저 아래 물에 바스러지는 햇살이 있다
모처럼 가슴이 큰 날이고 싶다
부벽루 현판 세 글자
크다

종이 넓이 30칸이었다
그 둘레에
사람들 울 지어 숨죽이고 있다

붓대가 절굿공이만 했다
붓털 굵기 황소 허리통
그 붓에 먹을 적시니
아예 먹물은
커다란 널벅지 채워 있었다

눌인 조광진
저고리 벗어던지고
새끼로 붓대 동여매어
그 붓을 어깨에 걸머지고
쟁기질하듯
저벅저벅 걸어가며
글씨를 쓰니

가까이 보면
그 세 글자 몰라보다가
활개걸음 쉰 걸음 밖에서 보면
그때에야
당대 명필 지지리 못난 듯 뛰어난 글씨에 놀라
어쩔 줄 몰랐다

어릴 때부터 말더듬이여서
호도 '말 더듬는 사람' 아니던가

사람도 사람이지만
대동강물이 흘러가며 올려다보고
그 세 글자
'부벽루'를 이따금 칭찬해 마지않았다
출렁거리는
좀 큰 소리 내어
출렁거리는 물살지어 마지않았다

꽃소식

봄입니다 만물이 자유자재합니다
꽃소식이
세상의 가난을 달랩니다
누구는 불쌍하다고
누구는 불쌍하지 않다고 말하는
미완성의 나라 온통
봄입니다
이 나라 남쪽
제주도에 피는 진달래
며칠 뒤에는
바다 건너
전라남도
경상남도에 피어납니다
며칠 뒤에는
중부 한강 기슭
춘천 소양강 기슭에 피어납니다
한달쯤 지나
북한 압록강 상류
혜산 일대에 피어납니다
5월 하순
표고 2천7백 미터쯤에
수목한계선 밑 추운 봄에

진달래는 울긋불긋 피어납니다
이것이면 됩니다
더이상 바랄 나위 없습니다
어디메 봄날 꽃만한 것 있겠습니까
남과 북 차츰 가지런히

두 바위의 하루

전북 진안 두메산골에는
주자천 냇물 따라가면
어느새 돌아가는 길 모르게시리
깊은 골짜기이시라
함께 왔던 송사리떼 간 곳 없었다

무엇 하러
이다지도 깊으신지

저 위쪽 운일암 바위께서는
무척이나 골짜기 깊고
바위벼랑 소스라쳐
하루내내 구름속 해밖에 몰라
구름속 해 바위였다

그 운일암에서 온갖 띠앗머리 벗어난
벼랑 아래 반일암은
무척이나 골짜기 깊어
반나절밖에 해를 볼 수 없으니
반일 바위였다

거기 가서

어쩔 줄 모르는 우리 두 사람은
그 운일암
그 반일암 가까이 사는 동안
그 자리서 두 아기바위로 되어
냇물에 서로 마주보며 발 담그고 저녁 어스름이었다

물소리는 또 무엇 하려고 그다지도 길고 길어 감감해지는지

홍류동

고대사람들은
가야산 홍류동이면
더이상 깊은 데로 들어가지 않았다
거기가 깊은 곳이었다

그래서 신라 말 불운의 최치원도
그의 커다란 뜻 펴지 못하고
이 세상은
홍류동 밖이었고
저 세상은
홍류동이었다

오늘밤 내가 그대에게 처음 밝히건대
그이는
신선으로 멋지게 자취를 감춘 것이 아니라
여기 홍류동 붉은 단풍나무 가지에
목매어 자진해버린 것이었다

그 뒤 두 스님이 왕건과 함께
좀더 올라가
환적대 밑에 절을 세웠다
사람들은 자꾸

그 절을 향해 무지몽매하게 홍류동을 그저 지나가기만 했다
그래서 홍류동 농산정은 저 혼자 있다가 없고 없다가 있다
내 스물여섯살의 물소리도
거기밖에 없었다

광화문

16세기 왜적이 서울에 쳐들어오기 앞서
비오는 날
구죽죽이
비 맞고 걸음아 나 살려라 하고
도망치는 임금의 가마 행차를 본 것은
노여운 백성들이었다
그들은 빈 궁궐로 달려가
노예문서를 태웠고
경복궁을 태웠다
드디어 궁궐 정문
광화문을 태웠다
그 폐허에 왜적이 들이닥쳤다

폐허 2백년 이상
광화문 터에는 광화문이 없었다
대원군 당시
조선 팔도 백성들이 동원되어
광화문을 다시 세웠다

그 뒤로 광화문은 나라의 멸망과 식민지 36년을 살았다
그리고 해방과 전란 속에서 돌덩어리처럼 살았다
이승만 독재와

4월혁명과
근대화와
군사독재 역대를 살았다
그것을 사람들은 영광이라 하고
굴욕이라 했다

광화문의 밤은 고요한 적이 없다 고요하면 잘린 목이 내걸린 듯한,
그 썩은 목에 날아올라가 들러붙었던 파리들이
아주 내려와버린 듯한
그런 고요였다

피투성이 영광만이 영광인 역사가
더 오고 있는 고요였다
내일은 광화문에 미친 사내가 올라가
그 고요의 치맛자락을 찢어 엉엉 소리내리라

한강

한반도에 한강이 있어
아사녀
네가 있다
오늘 뒤에 어제가 있었고
오늘 앞에 내일이 있다

천갈래 만갈래 물이
이렇게 활짝 열린 물이 되어
이미 바다의 새벽 깨우나니

한반도에 한강이 있어
아사녀
너에게 내가 있다

어느새 온갖 짐승들 입다문 정오의 한낮
어떤 주저도 미련도 버린
커다란 벌거숭이도

일찍이 부모였고 부부였으나
오랜 친구였으나
내 자손이어야 할
내 친구의 자손이어야 할 너 없이

한반도는 한반도가 아니다

내 이름도 다른 것이었으리라 아뿔싸
이제 나는 어제도 내일도 쓸데없다
너와 더불어
단 하나의 임종이면 된다

정선 아우라지

첩첩산중 무섭더이다
어린 물들
백번이나
백예순번이나 굽이쳐 아우라지
백예순번이나 시린 물 서로 만나
아우라지

흐르는 것이 강물에 앞서 냇물일 때
시냇물일 때
그 어린 물 부모 없는 물이 가장 기쁘더이다
저희들끼리 떠들고 노래하고 잠들어

눈이 올라나
비가 올라나

아우라지 이후로는 험한 나라 험한 길이더이라
추운 꽃
어느 세월에 깔깔대며 마음놓고 피어나리야
이런 곳에 노래 하나 남기고 가더이다
눈이 올라나 비가 올라나
억수장마가 질라나
아우라지 뱃사공이여 나 좀 건네주게나

쓰다 만 시

대동강 부벽루는 누구의 입에서도 시가 나왔다
또한 누구누구도
거기 가 앉아
시 한수 지어 시인이었다
4월 초순 얼음 풀린 뒤
내내 전국에서 하나둘 찾아와 앉아 있어야
없는 수염도 있는 듯 내로라 하고 시인이었다

하고많은 시가 있었다
덕지덕지
부벽루 현판에 시들이 걸렸다
걸리지 못한 시는
그 언저리 넋으로 젖어 있었다
안개같이
는개같이

오호라 9백년 전 시인 김황원이 나타났다
고려 산야 떠돌며 노래하다 뒤느지막이
대동강 부벽루에 앉아 있었다
강을 바라보고
강 건너 먼산들을 바라보았다

그 다음 현판의 시 읽어보았다
혀를 차
그 현판들을 다 떼어내라 하였다
어찌 대동강을 이렇게 노래한단 말인가
어찌 부벽루를 이렇게 노래하고 만단 말인가
가엾도다

이제 그의 시가 빈 곳에 걸려야 하였다
경(景)과 정(情) 아울러
당대 제일의 시가 걸려야 하였다
숨죽여라
뭇 묵객 풍류객 아니 양아치까지
색향 평양의 버선발 기생들까지
어른 아이 할 것 없이
떡장수 들병장수 할 것 없이 모여들어

여기 국토시인 김황원을 에워싸니
이제야 제대로 노래할 터
붓을 들었다
모두 숨죽였다

평양성 끼고 흐르는 강물

아 넓기도 하여라
강 건너 멀리 아득한 벌 동녘에는
점 찍은 듯 까맣게 산 산 산

여기까지 즉흥으로 휘갈겨 써내려가다가
뚝!
붓이 더 나아갈 줄 몰랐다
생각이 막혀
앞이 캄캄하였다
세상이 막혀

붓끝에 맺힌 먹물방울이 떨어질 뿐
붓도 멈춰
붓을 든 팔도 멈춰
시인의 몸 멈춰 돌이 되어야 하였다

<u>호호호호</u>
<u>으호호</u>
해가 뉘엿뉘엿 기울었다
사람들 하나둘 흩어지기 시작하였다
가지에 있던 새도 날아갔다
끌끌 혀 차며

뭐라고 중얼거리며 흩어졌다

적막강산
혼자 남은 시인만이 그대로였다
그러다가
저녁 어스름 속
온몸 진저리쳐 움직이더니
부벽루 기둥 붙들고 엉엉 울어야 하였다
엉엉 울면서
어디론가 떠나야 하였다

긴 성벽 한쪽 능실능실 강물이요
큰 들 동쪽머리 점점이 산들일세

뒷날 거기에는
쓰다 만 두 줄의 시 현판에 걸려 있었다
그것도 먼 함경도나
남도 전라도 다니다가
부벽루 이웃
연광정에 돌아와 가만히 걸려 있었다

(나는 이 시를 썩 좋아한다. 완성된 시보다 완성되지 못한 시에는

시의 생살이 있다. 완성은 영영 죽음이다. 나는 깨닫는다. 모든 시는
미완성이다. 여기 쓰다 만 시의 절망이야말로 나에게 얼핏 구원이
다.)

단풍

구원(救援)이란
컴컴한 신념보다 종교보다
별이
꽃이
기어이 가을 단풍이 아주 많이 맡아온 것을 알고 싶다

한반도 북쪽 끝 두만강 상류 무산
첩첩산중
거기 사람은 없고
홍단수
단풍 가득하였다

한달 뒤
강원도 금강산이 온통 단풍이었고
이내 내려와 설악산의 단풍이었다

한달 뒤
호남 내장산 단풍이었다
바다 건너
제주도 한라산 위층은
벌써 빈 나무들이고
아래층은 아직 하루이틀 더 단풍이었다

이렇게 봄 꽃소식 북으로 가고
이렇게 단풍 소식
남으로 남으로 오는데
그동안의 동포들 남과 북에서
수고 많은 날들
그 찬란한 단풍으로
가슴 훤히 구원받아왔으니

이제 더이상 구원받지 않아도 좋아라
그저 단풍이면
어머
어머 소스라쳐 기쁘고
단풍 가면
아이고 어쩌나 안타까워하다가

한밤중 북극성 하나 바라보면
거기 내일이 있어야 한다

진파리 소나무들

긴 밤 꿈에 거기 있었습니다
평양 교외 역포구역 용산리였습니다
얼마 전에는 무진리였습니다
앞서 얼마 전에는 진파리였습니다
그래서 지금도 사람들의 입에는
쌩 이름 용산리 대신
진파리
진파리라 불러댑니다

진파리 무덤떼 거기 있었습니다
이상한 일이었습니다
가만히 서 있으면
그 무덤떼가 커다란 배가 되어
온통 수평선뿐인 바다 위
둥둥 떠나가는 듯합니다
세상은 그대로 있고
그 무덤떼만 떠나가는 듯합니다

시간은 어느 곳을 배가 되게 하는가 봅니다
기원전 277년
스물두살 젊은 고주몽의 무덤
여기에 옮겨온 이래

그 무덤과 함께
20여 무덤들도 와서 여기저기 저승 마을입니다
가장 큰 나라 고구려였습니다
수나라 당나라보다 커서
수나라 쳐들어왔다가 망하였습니다
당나라가 쳐들어왔다가
황제가 눈멀었습니다

이제 괴괴합니다
오로지 솔바람소리에 묻혀 하루내내 떠나가는 듯합니다
무덤 제1호와 제4호 벽에는
한쌍의 소나무가 늠름하게 그려졌는데
무덤 밖에도
그 그림과 너나들이
소나무들이 숲을 이루고 있습니다

조선시대 이 소나무숲에 불이 났습니다
고을 관리의 실수였습니다
이 일을 알게 된 평양감사는
그래도 너그러웠던지
그 관리더러
멀리 바다 건너 제주도 건너가

그곳 소나무들을 옮겨다 심으라는 벌을 내렸습니다

천신만고의 벌이었습니다
그 관리 기어이 늙어서야
제주도 소나무 옮겨다가 심었습니다
10년 뒤 그는 죽고 소나무들은 장차 울창하였습니다
깊숙이 내륙이건만
제주도 앞바다 파도소리가 들리는 소나무숲이었습니다

그럴진대 진파리 무덤떼는
바다 위 떠 있는 무덤섬들이고
바다 위 떠 있는 소나무섬들입니다
솔바람소리 파도소리
옛 고구려와 옛 제주도 탐라 소리의 섬이었습니다
아직껏 먼 북쪽과 먼 남쪽이 함께
바람 없는 날에는
무덤 속 벽화의 소나무들이 밖으로 나오기도 합니다

보현사

모든 날 중의 오늘이건만
오늘이 지난날 같을 때가 있다

집 떠난 사람
누군가가
강원도 정선 술집에서 보았다
누군가가
경기도 양수리 나룻배 타는 것을 보았다
어디서
또 어디서 보았다

하지만 어슷비슷한 뒷모습뿐이었던지
소식 없는 사람
죽을 때는
평안북도 묘향산 보현사 밑 노파네 여인숙에 숨겨 누워 있었다
그 소식 듣고
청천강 거슬러가고 또 가면
거기 삼엄하게 벼랑진 숲속
묘향산 보현사 있었다
떠도는 혼령 곧잘 달래어
갈 곳으로 보내고
단풍드는 앞산 탐밀봉과 함께 엉거주춤 서 있었다

보현사 석탑

빌고 싶었다
소금 뿌린 듯 하얀 마당
묘향산은 벌써 깊었다
보현사 마당
여기라면 무슨 일로도
시작이 아니라 끝이어야 하였다

보소서
8각13층석탑

마당 한가운데 있으나
물러나
저만치 따로 있는 듯

우러러 보노라면 탑은
한없이 솟아오르며
13층 상륜부가 끝난 공중에서
더 층층으로
보이지 않는 탑신이 이어지고 있었다

8각 모서리마다
작은 아씨같이

나라의 위난 속에서
남과 북이 서로 피난처가 되었으니
차라리 이때가 가장 좋은 때 아니고 무엇이리

서산은 가고
그가 살던 불영대가 있어
서산과 몇마디 나눌 수 있었다

── 선가귀감 지으시고
   무엇하러 유가귀감 지으셨나요

── 심심하더라

── 유가귀감 지으시고
   무엇하러 도가귀감 지으셨나요

── 심심하더라 그래서

── 또 하나 뭣 지으셔요

── 이제 네 차례다 네가 지어라

고모령

누구나 지나가기만 하고
눈여겨보지 않는 곳
누구나 지나가기만 하고
기억하지 않는 곳
고모령

바람이 많은 날
펄럭이는 노을
떠난 아들
가슴에 묻은 어머니 치맛자락이었다

경부선 밤 열차는
지금 어디쯤 지나가는지 몰라
지나가며 날이 새면
말이 달라지고
구름이 달라진다

누군가가 두고 온 고모령

금강굴

동시에 여러 곳에 살 수 없음이
얼마나 다행이뇨
오늘 묘향산 금강굴에 있으면
더 살 까닭이 없다
여기 하루이틀이면
이 세상하고
저 세상은 휑뎅그렁 하나인 것을

바람 인다
바닷속 조갯살
그 깜깜한 어둠속 아픔의 진주알 태어나자
여기 바람 인다

멀리 가서 돌아오고 싶다
여든다섯쯤이나
여든일곱쯤의 나이로 바람 인다

영남 국도

대구에서 안동까지 가는 길은
뉘엿뉘엿 걸어서 사흘이었다
대구 처녀 사투리 눈부신 날들
사투리 끝 추운 하늘속 꽃피는 날들
그러다가
세월 흘러
대구 아낙 통나무 같은 날들

어서 빠져나가
의성쯤이면 다 벗어나
오싹 찬 기운 돈다
멈춰라

멈춰보니
마을 앞 강이 있다
강 건너 다섯 길 바위벼랑 늘어서 있다
마을을 막아선
달밤이 왔다

개 짖으면
개 짖는 소리 벼랑에 부딪쳐
그 메아리가 돌아와

컹컹컹 돌아와
개 짖는 소리와 함께
온 마을이 개 짖는 소리였다

개들이 미쳐버린다
제 메아리에 미쳐버린다
아니
사람들도 하나둘 미쳐버린다

1백년 지나
이제 개가 없는 마을이었다
사람들이 있으나
누구 하나 소리내지 않았다
노래도 없다

말할 것이 있으면 다가가 속삭인다
아버지가 죽어도
딸의 울음소리 없다

이른 봄날 아지랑이 그 시절이 가장 알맞아
동구 밖 느티나무 밑에 나온 남정네
길 묻는 남정네에게 대답 대신 담배를 권한다

굴포리

내 고향의 전생!
한반도 동북단 웅기 굴포리
거기에는 나의 옛날
나 이전의 옛날
내 할아버지 이전의 옛날이 고즈넉이 살아 있었다
어디로 흩어지지 않고
층층져 살아 있었다

고조선 옥저 바닷가
옛 중국보다 1천년 이상이나
먼저였던 청동기시대
비파형 구리칼이 있었다

파도소리에 히히 웃었다
살아서 움집
죽어 움무덤 혹은 돌무지무덤

그 밑층 신석기시대 있었다
그 밑층 구석기시대 있었다
아 홍적세 뼈송곳 하나 뽑혀나와
햇빛에 빛났다

남한 어딘가에 가는 놋단검 나와
구름 뒤 햇빛에 빛났다
내 엑스레이 해골 이빨들이 히히 웃었다
옛과 오늘 아주 의좋은 날
오랜 고인돌 밑 그늘이 누님 같다 오랜만의 누이 같다

김시습

반은 취하고 반은 깨어
시를 지었다더라
오언고풍
혹은 칠언
마음속에서 우러나오는 그대로 시였다더라

행랑 속 먹물을 꺼내어
쓴 시를
강물에 띄워보냈다더라
진실로 무위 속의 위(爲)였다더라

조카 단종을 죽여야 했던 세조시대
그 피투성이 왕을 등져 뛰쳐나와
반은 취하고 반은 깨어
반은 중이고 반은 아니었다더라

어느 하루
시 1백여수 써서 띄워보냈다더라
지을 때만 시이고
짓고 나면 시가 아니었다더라

어느 하루

숲으로 들어가
오래된 나무껍질 벗기고
거기에 시를 써보았다더라
여기저기
시의 나무들 서로
제 시를 겨루었다더라

한나절 뒤 거기 가니
어느새 그 나무에 쓴 시 다 깎아버려서
시가 없어졌다더라
시가 없어졌다더라

시를 짓고 껄껄 웃고
시를 없애고 껄껄 웃다가 꺼이꺼이 울었다더라

그런데 그런 매월당 김시습께서
어찌 기껏해야 금강산쯤이고
그 위의 칠보산이나 마천령
아니 험한 백두산에 오를 뜻 아예 없었던지
강산의 절반이 여간 섭섭해하지 않을 수 없었다더라

산중 낭림읍

낭림산맥 치솟은 연화산 줄기에
나의 누더기 낙하산이 내려졌다
그 칙칙한 잣나무숲에
낙하산을 개어 묻었다
두리번 두리번 쭈뼛거리며 내려갔다

긴 낭림호
가로막는 물이 반가웠다
건너쪽 산들이
뚜렷이 그림자 져
엄숙한 오후였다

곧 투레질 잔물결이 일어났다
나는 물을 돌아
낭림읍내의 밤에 스며
낯선 동족의 집 헛간에서 푹 자고 싶었다

어제도 없고
내일 모레도 없다
나를 발견하고 놀라는 사람이 그립다
나를 끌고 가는 사람이 그립다
이 세상은 오로지 사랑만이 으뜸이 아니다

116

그 암자

무엇하러 그곳에 그것이 있나
함경남도 황초령 넘어
꾹 눌러쓴 모자 같은 암자가 있다
제법 이름도 붙어 있다
무애암

사람은 있으나마나
그 비 새는 암자 마당 풀섶에 서니
아아
앞이 크다
뒤는 모르겠다

하룻밤만 자고 갔으면……

서울 현저동 101번지

서울특별시 서대문구 현저동 101번지
서울구치소
요시찰 63번
요시찰 1001번
요시찰 33번
요시찰 50번

취침나팔 소리는 지긋지긋하게 좋았고
기상나팔 소리는 지긋지긋하게 싫었다

교무과 도서 똘스또이 전집 제3권의 오자 56군데였다
콩밥의 콩은 미국콩이었다

제1심 반대신문이 있는 날은 좋았다
독립문을 지나가고 지나온다
독립문 부근 책방에 진열된 여성잡지 표지
그 여자야말로 숨막히는 실물이고
구형 15년은 꿈이었다

명동

건달이 있어야 한다
건달이 있어야 한다
내 고향 명동에는 그것이 있다

누구보다 먼저 건달이 있고
그 다음에 천상병이 있다
그 다음에 김관식이 있다
그 다음에 공초 오상순의 담배연기가 있다

아 명동의 마네킹들이야말로 내 정부였다
불명예도 명예였다
외상술
통행금지 직전의 절망이
내 완성이었다

돌아가는 건달이 있어야 한다
내일 틀림없이 나타날 건달이 있어야 한다

압록강

오래 전 젊은날
아무것도 없이 하루가 공짜로 가던 시절이었다
나는 다친 다리로 걷지 못하는 날
그 빈집 곰팡이와 함께
하루를 다 보내며
압록강 같은 서사시를 쓰고 싶었다

조선이 일본에게 다 짓밟혔을 때도
압록강은 흘러갔다
조선을 넘어 만주가 짓밟힐 때도
압록강은 흘러갔다

흘러 흘러
바다를 만들어주고
미련없이 자신은 사라지는 강물이고 싶었다
그 강물의 서사시가 되고 싶었다

그 길고 긴 강 기슭 어디에
아름다운 곳이 있어서도 아니었다
더러는 험악하고
더러는 삭막하고
더러는 무덤덤한 풍경이건만

그 나날의 밤낮으로
온갖 일 다 겪으며 흐르는 그것
온갖 생각 다 실어 흐르는 그것

그렇지 않을손가
미인만으로 이루어진 세상이란
얼마나 생지옥인가
그것이 아닌
그것이 아닌

압록강의 길고 긴 물 기슭은
항상 고단한 삶이 있고
억울한 죽음들이 있다
그런 강의 서사시가 되고 싶었다
나뿐 아니라
이미 나보다 먼저
압록강은 흐른다 아아 하고 누가 노래하였다
그의 머리말을 뒤이어 내가
압록강 같은 서사시를 쓰고 싶었다

오륙도

오륙도
다섯이냐고
여섯이냐고 묻지 마
부산 앞바다
오륙도
몇이냐고 묻지 마

어느날은 다섯 섬
어느날은 여섯 섬
그러면 돼

제발 건너가지 마
건너가
헛수작 손가락으로
하나 둘 세지 마

어느날은 다섯 섬
어느날은 여섯 섬
그러면 돼
그러다가 죽으면 돼

기러기 길

두만강 경원 밖
누구도 다스려본 적 없는 듯한 곳
길고 어수선한 곳
그곳 갈숲에
저만저만 낯익은 손님들이 내려앉는다
10월 하순 떼기러기 손님
한동안 지나 고요하다

방금 시체가 굳어지는 고요인가
아니 온 기운 살아나 팽팽한 고요인가 그것은

만약 이곳에 사람이 얼씬거릴 수 있다면
머릿수건 쓴
함경도 사투리 위 후두둑 날개쳐 올라
뜨자
이어서 여러 손님
뜨자
뜨지 않는 몇마리는 죽어 있었다
먼길 두고

추운 공중 첫소리 나는 바람 위로
날개 쉬다가 날개치다가 하며

남으로
남으로 날아가서
지난해 돌아오는 길에
내려앉았던 철원 들녘
올해는 그냥 지나가야 한다

지상의 인간에게 어찌 행복이 고루 나누어질 수 있겠느냐
행복이란
수많은 불행의 다른 이름일 따름
긴 행로 아래로
휴전선이었다

아니 그것말고도
생로병사
그런 것들이었다
죽은 아이를 부둥켜안고
벙어리 어미의 간장 애간장 소장 대장의 아픔이었다
혼자 사는 상이용사의 낡은 돋보기 안경이었다
전쟁중에도 벼락부자는 몇놈 있다
전쟁 뒤에도 벼락부자의 자식들이 몇놈씩 떼지어
다음 전쟁을 꿈꾸었다

낙동강이 보였다
그리운 곳
낙동강 하류
유난히 가슴 큰 밀양들
거기 지나
창원 주남못이었다

한바퀴 돌아 둥근 하늘
물위에
물의 고요 문 열어
손님을 맞고
손님들 지친 날개 접어 물위에 떴다

더 나쁜 시절에는
다른 곳일지라도
올 겨울은 여기서 지내기로 숨을 돌렸다
남과 북이 다 내 고장이었다
저기 북한 경원 샛강
여기 남한 주남못이었다

동해 북부

동해는 예(滅)의 바다보다
옥저(沃沮)의 바다라고 누군가가 말하였다
원산만을 지나 함남 함북의 바다
거기서부터 동해는 진짜 동해라고 말하였다
오호쯔끄 한류가
거기에 함께 온 명태떼를 더 내려보낸다
잡혀도 잡혀도 내려보낸다

잡혀
강원도 오대산 밑 용평 황태덕장 매달려 실컷 얼어
누렇게 누렇게 익어
어떤 타협도 거절한 채
딱딱한 명태 한마리였다
그러기까지 동해 북부
동해 중부가 다 한푼 에누리도 없는 한류로 가득하였다
동해 남부에서도 우렁찬 난류가 올라와
그 한류 속으로 스며들기 위하여
얼마나 많은 바다 소용돌이로 울부짖었더냐
동해 북부의 바다였다
이제 누군가가 말하지 않아도
그렇게 완전무결한 바다였다
아 그 한류와 난류의 만남이야말로 내 생애 아닐 수 없다

수양산

해주 수양산은
공연히 세상에 알려지지 않고
혼자 가다듬어 아름다운 산입니다
산꼭대기 누대에서
바다에 다다르는 산들을 마음 열고 바라보게 합니다
연평도 앞바다는 마당입니다
그 바다 파도소리도
다른 산들이 들은 나머지
바람의 방향 따라
좀 들려오기도 합니다
그 먼길 지친 파도소리에 얹힌 어린 갈매기 울음소리도 깜찍하게 들려
귀가 번쩍 뜨입니다 눈이 뜨입니다
본디 다른 이름이고자 한 것을
상고시대 중국 수양산 고사리 그것으로 되어버려
해주 뒷산 그 모습은
정작 모르고
오래 백이 숙제 두 사람만 두루 알려졌습니다

이제 율곡 이이 선생 이래
수많은 미인을 낳은 우리나라 수양산으로 돌아가
여기저기 방정맞게 나타나지 않는
늠름히 석양머리 총각으로만 말타고 서 있기 바랍니다

옛 울릉도의 말씀

동해 온 바다가
그 섬이 하나 있기에 허무가 아니었다
그 섬에 아무도 가지 않았다
누군가의 잘못으로
거기까지 떠내려가 목숨을 건졌다
또 누군가가
거기까지 떠내려가
천신만고로 살아서 돌아왔다
돌아와 엉엉 울었다
그 섬이 세상에 알려졌다
그 뒤
동해 울진 젊은이 셋이
목숨 걸고 떠나서
그곳에 닿았다
풍랑 헤쳐 돌아오다가
둘이 죽고
하나가 살아났다

그런 옛날옛적의 시절 지나
고대 우산국이었다
이 세상에서
가장 작은 나라가 세워졌다

작은 나라!
그것만으로 세상의 보석이었다
울릉도

북청 사자춤

아프리카 마사이 초원 언덕
한나절 내내
먼데 바라보고 있는 사자인 적 있는가
그대

어찌어찌하여
그 존엄스러운 사자가
사람의 마음속에 새겨져
바다 건너
고대 서부인도 간다라 지나
서녘 오아시스 지나
장안 지나
동북아시아 고려에 이르러

고려 북관 북청에 이르러
덩실덩실
뒤뚱뒤뚱 사자춤으로 태어났으니
그대 행로
그대 행로 아득히 여기에 이르러
북청 사자춤

그것으로 모자라

슬쩍 딴살림 차리니
황해도 봉산 사자탈춤
저 아래 동경 경주 사자춤

아니 고려 국토 마을마다
삼재팔난 다 쫓아내고
한집안 오상서 불러들이는 춤판이니

천년 전 아프리카와 고려가 이렇게 아득히 하나였으니
모르겠다
모르겠다
오늘밤 화톳불 울긋불긋
북청 사자탈춤이면 된다

북청 청년이면 된다
북청 영감 소주 한되면 된다
북청 아낙과 처녀들
북청 어린이들
모두 어우러져 한판 춤이면 된다
온 마을 북청 사자탈춤

경주 남산

내 자식들 찾으러 갔다
죽은 자식도
집 떠나 소식 없는 자식도
다른 집 자식들도
다 거기 산다 하였다

이쪽에서
저쪽으로
저쪽에서 이쪽으로 하루내내
또 하루내내 찾았으나
삼화령 쉴 참에 땀 들이고
다시 오르내리며 찾았으나

내가 이름 부르며 간 골짝마다
비탈마다
벼랑 밑마다
돌부처들뿐이었다
돌부처 모듬살이뿐이었다

하도 오래되어
누가 누군지 모르게 비바람에 닳았다
누가 누군지 모르게

때로는 눈도 코도 없이
입도 없이
화낼 줄도 모르고 빙긋이 웃고 있었다

10만억 국토 지나
그 머나먼 서쪽이거니
56억7천만년 뒤
그 머나먼
머나먼 미래의 어느날이거니
아니 그런 것에 주눅들지 않고
하루내내 등만 조금 밀어주는 바람같이
함께 숨쉬며 웃고 있었다
내 자식들 남의 자식 다
거기서 돌보살 돌미륵으로 웃고 있었다
서라벌 천년의 어머니 모두에게
경주 남산은 대대로 내 자식이었다
내 자식 묻은 가슴이었다
밤에는 흥얼흥얼 소리나는 달빛이 내 자식이었다

토함산 석굴암

해돋이 전
해돋이 직전
해돋이
방금 물에서 솟은
아침 핏덩이 내 아기
수건질도 하기 전
물이 뚝뚝 떨어지는
내 아기

어미라면 해를 낳는 어미 되어

석굴암 속 석가모니 어깨 슬며시 움직이는 듯
산 사람 되어
파르라니
파르라니

고대 신라는
이 석가모니 하나와 바꾸어라

그런 다음 하루도 천년이었고
천년일지라도 하루 이틀이었으니
찾아오는 이들이여 손 모아 빌지 마소서

내가 이미 다 빌었으니
그저 좀 머뭇거리다 머쓱히 가소서

논 —— 충남 매포 혹은 황해도 신천 반정리 지나가며

나라를 속속들이 빼앗겼을 때도
나라의 온 들녘
애쓴 곡식 빼앗겼을 때도
해마다 논은 모진 세월 푸르렀다
세 벌 김매는 일꾼들과
저만치 쉰내 나는 해오라기 함께 있었다

전란이 마구 밀리고 밀어갈 때도
포성이 방고래 밑까지 쿵쿵 들려오고
사람들이
화차 지붕에까지 올라서 단선철도 떠날 때에도
익어가는 벼논
한가롭게 허수아비가 서 있고
그 건너에서 아이 하나가 워이워이 새를 쫓고 있었다

그러나 폐허였다 산등성이 초토였다
그런 곳에서 오직 논과 밭이 사람을 살려냈다
고향조차도 서로 죽이는 피 지옥일 때
그 고향 빈 논 한구석에
또다시 으스스 못자리가 만들어졌다
농사짓는 마음이 사람으로 돌아온 마음 그것이었다
모든 광란 뒤로 삼아

삼수

여기 태어난 사람들 두고
함부로
이 세상 끝이라 막말을 하지 마우
여기 살다가 죽어갈 사람 두고
천리 밖
저승 같은 변방이라 막말을 하지 마우
삼수땅에는
인간에게 굳이 사랑 같은 것 없이도
미움의 다른 쪽
사랑 없이도
얼마든지 감자 심어
감자꽃 핀 밭
곧 된서리 하얗게 내린다우
감자 밑 든다우
내사 함흥두 원산두 통 모른다우
검은 머리가 흰 머리 되기까지
나눈 말이야
열마디 스무마디 안팎이라우

갑산

태곳적 그대로
단군적 그대로
한 5천년 전 그대로의 백성이 있다
그 순박한 풍모
산들이
물들이 울타리 되어
지나가는 사람에게 예스러이 예의가 있다
거룩하디거룩한 인기척 있다

여기만치 멀어라
멀 테면
여기만치 멀어
등불도 모르도록 캄캄하여라

갑산이면 생애의 내 조국이다 캄캄하여라

만경강

전북 만경강은 제 강물을 줄이고 줄이면서
들을 넓혀간다
아침은 곧 저녁이 되어
저녁 낙조로
이 나라 유일의 지평선이 활활 불타버린다
징게 맨경 외애밋들 큰 들 가득히
가뭄에
해일에 쏟은 걱정들로
풍년 들어
내 마음도 네 마음도 서로 가득한
황금 물결
김제 백구면 시악시
만경면 시악시
물동이 이고 일어서면
말만한 시악시
4,5년 뒤이면 씨 들어버린다
그 이전에 만나 실컷 배고픈 송아지처럼 울어라 울어

자비령

뻐꾸기 소리밖에 없었다
열여섯 굽이 그 고개
넘어가면
철부지 하얗게 철이 들었다
휘이휘이
걸음마다 휘청거렸다

그 시절 부황나던 시절
젖동생같이 정든 내 고장 버리고 떠돌다가
무엇이다가
무엇이다가
사흘나흘 굶은 거지
도둑이 되었다 빈 가을이었다

황해도 서흥 자비령 고개
열여덟 굽이
굽이
굽이
목에 단내 가득

그 고개 넘어가면 철이 들었다
청청한 밤

멀리 북극성 부근에서
없어지는 혜성을 쳐다보았다

평양 가는 길
한양 가는 길이었다
부담 털어
염치는 남아 있으니
산 아래 백성들에게 나눠주었다

거지냐
도둑이냐
이 둘이 이 세상의 길이었다
자비령 고개
이목구비 수려산 고개
내 낭군 같은
세상 등진
내 낭군 같은

회령

한반도 북쪽 끝
회령땅에는 글자가 없다
여진족 무리이건
조선족 무리이건
번개치고 천둥치는 밤
벼락쳐 밤새도록 대기 깨끗해지고
산 것들 마음 가다듬었다
아무런 글자 없다
다음날 비가 왔다
석달 가뭄 북쪽 끝

피잉! 화살 하나 날아와
내 발등에 꽂혀 사뭇 떠는 날
나는 오도 가도 못하고 쓰러져
함경북도 회령

처절하다

운주사

전남 화순 능주 운주사
1천 부처
1천 탑이 울창하더라
그 부처 사이
스며든 사내와 계집 갈 데 없이 서성이자
그들도 부처 사이에 불러들여
함께 숨은 부처이더라

언제부턴가 운주사 안팎에 신심이 동나
오가는 운수나 땡초나
허술한 며칠 살고 사라져버리니
하늘에는 구름도 심심하고
절 안팎
저 아래 마을 장정들 올라와

술 취한 김에
탑 무너뜨려
탑신 끌어다가 주춧돌 삼고
디딤돌 삼고
제 증조할아버지 산소 상석 삼더라

욕 잘하는 아낙도 와서

부처 머리 잘라내고
그 몸통으로 구유 삼고
다듬잇돌 삼고
부처 연화대 뜯어다가
설거지통 삼더라
아무 탈 없더라

능주 5백석 지주 문씨네는
제집 뜰을 꾸미고자
아예 천불천탑 중
마음에 드는 놈 실어가버리더라
손자 둘 물에 빠져죽더라

1944년
1천 부처는 기껏 240개였더라
1985년
1995년 무렵
부처 70개
9층탑 연화탑 칠성탑 등
크고 작은 것 18개였더라

다만 오래 누운 큰 부처 부부 한쌍이 있어

그들이 벌떡 일어서는 날
그날 운주사 일대가 배가 되어 돛 팽팽하게 떠난다더라
이 나라의 가장 낮은 포구에 이르러
그 드넓은 개펄 위 용화세계 열어
사람과 짐승 그리고 작은 게들과 작은 고동들 함께

녹동 포구

마음 언짢은 날에는 갑니다
가는 곳
전남 고흥 앞바다
녹동에 갑니다

물 건너가면 소록도입니다
막 잡혀온 광어 농어 도다리 노래미가 죽어야
내 술이 쓰다 달다 합니다

소록도에는 건너가지 않고
그냥 바라봅니다

내 입에서 건달 같은 삶이 시켜서
노래가 나옵니다
너는 가고
나만 혼자 남았구나 어쩌고 나옵니다

죽기 전에야 혹은 반시간도 천년 같아서
어리석은 것이 목숨입니다
하룻밤 자고 나면
통통배들 부지런히 물냄새 진한 식전에 다 떠납니다
나도 갑니다

기껏해야 온 곳으로 갑니다

설악 천선대

50년 뒤 외설악 천선대 밑에 와서
천선대를 본다
50년 전 그대로

천선대 벼랑 천길
그 고운 살결
벼랑에 그려보아라
지난날은
색동저고리같이 찬란하다

모든 굴욕까지도 지난날은 찬란하다

여기 천하 절경은
어쩔 수 없이 지난날이었다
지난날의 회로애락이었다

돌아가
속초 밤바다 왠지 흔들리는 술잔을 한번 들어올리자

나라섬

북위 38도선 북쪽 안변 바닷가에는
아니 바다 가까운 호수에는
나라섬이라는
큰 이름의 섬이 있다네
무엇이고
너무 크면 그것에 눌려 귀신이 생겨나지만
그까짓 나라라는 것이 별것이던가

잉어는 물속에 있고
사람은 물위에 있어
이따금 서로 의좋게 본다네

옛날 고려 사람들
바다까지는 가지 않고
여기 호수 가운데
나라섬까지만 건너와
하루를 알알이 지내고 돌아갔다네

그이들 제법 세상에 다소곳한 연기처럼 겸손한 시절이었네
그 뒤로는 아주아주
사나운 교만밖에 없는 막가는 시절이었네
그 나라섬 옛 정자 없어졌네

그 폭포들

묘향산 보현사에서 올라가면
만폭동
만개폭포의 고을이었다
서곡폭포
첫 곡으로 쏟아지는 물
무릉폭포
은선폭포 숨어라
유선폭포 놀아라
비선폭포 날아라
9층폭포
저 멀리 은하폭포

상원동 골짜기
금강폭포
인호대 아래
대하폭포
산주폭포
용연폭포
용틀임이었다

이뿐이 아니었다
작은 폭포

무슨 폭포 다 아울러
묘향산은 폭포의 아빌레라 어밀레라

성불사

들어보아라
정방산은 산줄기 딱 멈춘 곳이었다
들어보아라
어느 산 거기에 있기까지
어느 산
어느 산 거쳐
거기에 이르러 비로소 산
그 절호의 형상에는 반드시 노래가 있다 이야기가 있다

저 동쪽 곡산 개연산 줄기가
서남으로
서남으로 우여곡절 담겨 뻗어내려
천자산을 거치니
서흥 북쪽 발은산에 이르러
한줄기 갈라져 딴살림이었다
그러자마자
험한 열여섯 굽이 자비령을 거친 뒤에야
무거운 짐 부려놓은 회한을 묻어
그 위에 산을 쌓아올렸으니
으슬으슬
삼엄한 정방산이었다
단호히

그동안의 산줄기 끝내고
그 앞을 열어 들을 고스란히 펼쳐놓았다
무슨 중책이더냐

그저 물이 좋았다
산은 온통 바위로 비탈쳐

재령강 서강 수항강을 받아
저 아래 대동강 하류에 보내는데
봉산벌
재령벌 나무릿벌
안악벌 그런 곳에 어린것들 우쭉우쭉 자라났다

정작 정방산 이야기는 그만두었는데
새벽 네신가
아니 세시인가 종소리 있기 전
절의 상좌와
거기 있던 손위계집이 아무 옷이나 걸치고
푸른 어둠속으로 달아났다
비온 뒤 불어난 물소리도 모르고
어디 가서
어찌 살까 걱정도 모르고 갔다

단양

빛나고 있었다
빛나는 강물이었다
저물기 전의 한동안 빛의 핵심이었다
누군가가 말했다
빛은 모양도 없다
빛은 색깔도 없다
누군가가 말했다
나에게는 아무도 없다
부모도 자식도 진한 선지피같이 미워하는 것도

단양 남한강 도담삼봉
빛나는 강물이었다

오늘의 내가 소주 반병을 남겼고
옛날의 이황이
모처럼 술잔 열한번째를 비웠다 소매에 술이 젖었다
곁에서 두손 모으고 있는 이방이 서러워했다
사또께서
방금 열한 잔째 비우셨으니
오죽이나 심중의 회포 깊으신지……
취한 사또께서는
문득 이(理)보다 기(氣)에 솔깃했다

딸꾹질이 났다
배위의 풍류 느슨하다가
기생의 콧날 다음으로
그 곱디고운 옷 속의 허리 녹아버릴 듯
산조 중모리에 콧등 땀방울 이슬이 애틋했다

고아들

옛 임진왜란 때 고아들이 많았습니다
아비는 죽고
어미는 잡혀가다 자결했습니다
아이는 혼자 남아
울다가 울다가
울음도 잊어버렸습니다
죽기도 하고
살아나기도 하였습니다

모든 삶은 살아남은 자의 차지였습니다
그 고아들의 대를 이어주어
오늘 우리가 엉터리 족보 새로 엮어
거기에 자손 만대 이어지고 있습니다

1950년 6월 이래
그 무지무지한 3년 전쟁 동안
한반도 남과 북에는
무척이나 고아들이 많았습니다
남한에는 고아원이 2천개도 더 되었습니다
미국 구호물자 받아서
고아원장이 착복하고
고아들이 밤마다 굶고 학대받았습니다

북한에도 어찌 그다지 고아가 많았던지 모릅니다
거기에는 어느 나라 구호물자도 없었습니다
그냥 맹물로 견디어내며
죽든지 살아남든지 하였습니다

북한 원산 교외 송도원
전쟁고아 250명을 모아
제 자식 잃은 아낙
제 자식인 냥 키워내야 하였습니다
오늘에는 그곳이 국제소년단 야영장이 되었는데
다른 나라 소년도 오지 않고
우리나라 소년도 오지 않아
많은 날들이 일 없이 공치고 있었습니다

그렇다고 고아가 없는 세상이 아닙니다
이 세상은 어느 때고간에
고아 과부 나그네 노인의 화상입은 고독이 울치고 있는 곳입니다

동해안 휴전선

강원도 고성읍은 두 개나 된다
남한의 고성
북한의 고성

휴전선 철조망
그 위로 새가 훨훨 오고 간다
지뢰 건들지 않고
그 밑으로 들쥐가 오고 간다
그 밑으로 지하수가 오고 간다

언젠가 북한의 고성 앞바다에서
사람의 시체가 떠내려와
남한의 고성에 묻어주었다
그런 시체도
돌려달라 하면 돌려주기도 한다

서해안 쪽에서 여기까지
철조망 6백리나 된다
어느 바보
차라리 동해 난바다에 나라를 세우고 싶다 한다
그 바보의 가슴속에 어리석은 6백리가 이어져 있다

통영 미륵도

할머니 같은 땅이었다
바다들은
섬과 섬 사이에서
서로 다투기도 하고
금방 좋아하기도 하는 어린아이들이었다
그 가운데
할머니 같은 땅이었다
미륵도

56억7천만년 뒤에 올 미륵이
진작에 와 있다
엄청난 미래가
겨우 하루의 삼나무숲 언저리
감자밭 굼벵이에게도 와 있다
지난날은 할머니이고
앞날은 어린아이들이었다

안개의 날이
1년 5분의 1이면
1년 2분의 1이라고 말해도 되었다

안개 속에서

누가 누구를 부르는 소리가
저쪽까지 가까스로 갔다
안개가 먹는 소리들이
안개였다

또 어느날은 바람이 염치없이 세찼다
바람 속에서
누가 누구를 부르는 소리가
이쪽 배에서
저쪽 배에까지 갔다
작은 소리로는 갈 수 없다

통영 미륵도는
통영 거리 지나
바다 밑 지하도로 지나
거기 가만히 있다가
용화사 봄날 장구소리 화려하였다
모란이 피어
며칠 뒤 뚝뚝 졌다
그 사이 사진 찍어라
그 옆에 모자 쓴 채

이에 앞서 지하도로에서 만난 10년 전의 얼굴
서로 얼굴은 반가운데
한쪽에서 이름을 잊어버렸다
그 반가움
그 절교

56억7천만년 따위를 서로 주고받았다
이름을 잊어버린 친구의 미안함과
이름을 잊어버린 친구에의 섭섭함을
애써 풀어버린 정을 주고받았다
언제 다시 만나랴

선죽교

고려 5백년 끝이었다
고려를 엎어버리고
새 왕조를 세워가던
이성계 장군에게
고려 문신들은 장벽이었다

이성계의 아들 방원이
정몽주 앞에서
시조 하여가를 불렀다

이런들 어떠하며 저런들 어떠하리
만수산 드렁칡이 얽혀진들 그 어떠리
우리도 이같이 얽어져 백년까지 누리리라

고려 충신 정몽주가
시조 단심가를 불렀다
그에게 애숭이 방원 따위가 보이지 않았다

이몸이 죽고 죽어 일백번 고쳐 죽어
백골이 진토 되어 넋이라도 있고 없고
님 향한 일편단심이야 가실 줄이 있으랴

정몽주가 집 나서기 전
그의 어머니가
시조 근신가를 불렀다
아무래도 아들이 누누이 걱정이었다

까마귀 싸우는 곳에 백로야 가지 마라
성난 까마귀 흰빛을 새오나니
창랑에 좋이 씻은 몸 더러일까 하노라

그러나 아들은 길을 나섰다
송도의 저녁 어스름
화강암 다리 위
쇠뭉치 휘둘러
말 탄 정몽주를 죽였다
이방원의 하수인이었다

님 향한 일편단심이야 가실 줄이 있으랴
그 다리 핏자욱이
1백년 뒤 5백년 뒤
아직도 남아 있다
아직도 남아 있는 듯이
불그스레한데 거기 오다 말다 이슬비 젖었다

황진이 무덤

그녀 있어
조선 5백년 시조 4백수
다 어중이떠중이도 함께 정한(情恨) 찬란하였다
그녀 있어
조선 시조 4백수 모두 다 입다물어 드렸다

동짓달 기나긴 밤을 한 허리를 베어내어
춘풍 이불 아래 서리서리 넣었다가
어론님 오신 날 밤이어든 굽이굽이 펴리라

시에 능하므로 임에 능하였다
임에 능하므로 시에 능하였다

뒷날 그녀를 숭모하던 시인 임제가
서북지방 외직 부임차 가는 길
송도 밖 그녀의 무덤 찾아
술을 올리고
시를 올려 읊었다

청초 우거진 골에 자는다 누웠는다

이 일이 조정에 알려지자

그가 임지에 닿기도 전
기생무덤 성묘사건으로 파직되고 말았다

뒷날 그녀의 오래된 뼈라도 가까이 할까 하여
나도 거기 가
어정쩡히 무덤인가 아닌가 한바퀴 돌고
개성소주를 올렸다

명월이 만공산하니 수이 간들 어떠리

모악산

고대 천축에서
신라 하대에 이르는 동안이었다
일찍 죽은 마이트레야는
일찍 죽어
멀리
멀리까지 날아와 높이곰 빛났다

처음에는 하늘이었고
그 다음에는
젊은이들의 심장이었고
용화 향도였고
그 다음다음으로 만백성이었다

별들은 1년 중 하룻밤만 빛나는 듯이 빛났다

김제 모악산은 벅찬 나날 마이트레야 총본산이었다
상극이 아닌
상생
선천이 아닌
후천
이런 갈망이 오래 잠겨
안개가 잦았다

166

개벽은 벗어놓은 신발처럼 조용하다
해원은 징소리 끝처럼 잉잉거리며 조용하다
내 어린날의 흉년처럼 조용하다
총소리에 깜짝 놀라고 싶었다

두메마을 밭두렁에도 그 석상이 서 있다
미륵불상
산 이름도 미륵산이었다
아이 이름도 미륵이었다

여주 영릉

우리들에게는
3백년 이상쯤이 과거이고
그 이후는
아직 과거가 아니기를 바라는 썰물진 마음이 있어야겠다
과거가 너무 척박하게
바로 어제부터
그저께부터여서야
어찌 숨지는 일도 섭섭하지 않겠는가
아 분단도 너무 과거이고 사랑도 과거이다
벌써 내일도 과거이다
그동안 기구하게 살아온 것도
몹시 뜨거운 여름 녹음 밖 땡볕이 되었다

여주 영릉
여기에서는 가까운 강이 보이지 않았다
강바닥 모래로
강물이 맑아
저승까지 다 보이고
이승의 고기 살 속도 다 보였다
그 강바닥에 전쟁 때 철모가 반쯤 묻혀 있는 것이 보였다

영릉에는 세종과 소헌왕후가 함께 신방 차리고 있었다

한번쯤 누군가가 파헤치는 밤이 있었다

김옥균의 손톱

충남 아산군 영인면 아산리 동산에는
3일 천하의 혁명가 김옥균의 무덤이 있습니다
상하이에서 암살당한 송장으로 압송되어서
다시 능지처참형으로
시체 각 부위가 도끼에 찍혀 잘려져나갔습니다
그의 팔 하나는
경북 영일만 밖
북쪽으로 꼬리를 둔 장기곶 앞바다에 던져졌습니다
또 팔 하나는 다른 거역의 땅에 묻어버렸습니다
그의 몸통
그의 머리통은 어디어디에 던져졌습니다
그의 두 발과 손톱만으로
고향 아산리 산에 묻혀 있습니다
함박눈 퍼붓는 날 김옥균의 무덤 속이 무척이나 심심합니다
그러기에 마을 개 한마리가 눈 맞으며 짖어봅니다
그 소리나 들으라고
손톱더러 들으라고 멍멍 짖어댑니다

임진강

목청 찢어져라고 욕해봐라
저 건너에서는
싱숭생숭 노래로 들릴 날 있을 거라
죽일 년!
죽일 놈들!
욕해봐라
서녁 해설피
으슬으슬 춤사위 일어나는 노래로 들릴 거라
얼굴 단장 할 것도 없이
그대로 나와
저문 강물 바쁜 것 보아라

삼지연

백두산 정상은
삼지연 물에만 어김없이 내려와
우리 모두를 바라보고 있다
우리가 그 백두산 그림자를 바라보는 것은
백두산 정상이 내려와 우리보다 좀 앞서 바라보기 때문이다
아름다움은 그 다음의 잔돈푼이었다

감자꽃

백무고원 백암 무산 사이 멀기만 하여라
그 이깔나무 봇나무 분비나무
전나무 사스래나무
숲
숲
숲

그런 고원의 한 뙈기 화전밭
감자꽃 호젓하다
나비라도 오너라
좀생이 벌이라도 잘못 오너라

한밤중 추위 덜덜덜 견디어내고
다음날 일찍
하나둘 더 피어난 감자꽃 호젓하다

삼지연 산촌 다리 저는 시아버지 어린 며늘아기 왔다간 뒤
하루내내 땅속에서 감자 크고
곧 져버릴 꽃 땅 위에서 길이 호젓하다

다시는 그곳에 가지 말자 가는 것도 오는 것도 모독이었다

언 감자국수

8월 15일 넘으면 멀리 동해는 다급하게 찬물이었고
개마고원의 밤에는 서리가 내렸다
서리가 내리면
들쭉열매 알알이 붉어 두렵고
땅속에서 화전밭 감자알이 커진다
아범은 어금니가 빠졌다

10월 15일 넘으면
밀가루같이
밀가루같이
눈이 내렸다
시냇물이 얼어서 귀가 멀고
귀틀집에도 고드름이 주렁주렁 달려주었다
아범은 산 너머 감자밭이 궁금하였다

1930년 항일 빨치산들
유격전에 나서서
한판 치고 빠져나와
숲에 잠겼다
숲만이 그들의 목숨이었다

벌써 이틀씩이나 빈속이었다

그래도 더 들어가야 한다
숲만이
더 깊이 숲만이 그들의 목숨이었다
그때

숲속의 화전밭 나타났다
감자 캐지 않은 밭 그대로였다
굶주린 빨치산들
그 밭을 조심조심 파헤쳤다

알알이 언 감자였다
화전민 동포
빨치산들 지나가다 먹으라고
그대로 둔 밭이었다

언 감자 쪄먹었다 구워먹었다
그러다가
언 감자 으깨어
언 감자 국숫발 내어
언 감자국수 푸짐하게 나눠먹었다
그런 뒤
다시 치러 나갔다

일본군 나남사단 분견대 치러 나갔다

아범은 이 앓으며
내년 감자밭을 더 늘릴 생각이었다

탐라국

바라건대 제주도는
옛 탐라국이소서
육지의 한 지역이 아닌
탐라국이소서

거기에다 꿈 같은 나라 이루소서
동백꽃같이
짙은 슬픔으로
아름다운 나라 이루소서

5천년 전설과 귀신뿐인 역사
하도 말법 탁세라
제주도 거기 하나
탐라국이소서

그리하여 수묵화 수채화 아닌
짙은 유화 화가 3천명을 길러내소서
쇳소리 나는 햇빛
쇳소리 나는 바다 그리소서
무사무사 무사경 그리소서

다시 오세암

내설악 첩첩산중
낮은 구름은 잠겨
어디로 갈 줄 모른다
그런 구름 아래
네살 때 주워온 아이가 다섯살이었다
새소리를 잘 알아맞혔다

겨울 그를 기른 마흔살 독신승이
산 밖의 인제읍에 볼일이 있었다
나 다녀올 테니
이것 먹고 지내거라
나 다녀올 테니
낮잠 자지 말고
금강경 백번씩 읽어라

겨울 큰눈이 퍼부었다
주지는 돌아올 수 없고
아이는 나갈 수 없이
온통 눈구덩이였다 산중 암자는 꽉 막혔다

큰눈 이래 한달 열흘 뒤에야 겨우 길 내어 갈 수 있었다
문수야

문수야
하고 불렀으나 대답 없었다
가슴이 철렁이었다
죽었구나 철렁이었다
문 열자
쿨쿨 자고 있었다

잠 깨어 엉뚱하게 빛나는 눈망울이었다
문수야
살아 있었구나
살아 있었구나

그동안 먹을 것 다 떨어졌는데
새가 먹을 것 물어다주고
다람쥐가
제 먹을 것 물어다 나눠주어서
그것으로 근근이 살 수 있었다
그것으로 근근이 금강경 읽고 읽어
다섯살짜리 아이는 어이없이 보살이었다
둥근 빛무리 달린
문수보살이었다
다섯살짜리 암자 오세암이었다

해남 토말

해남 토말 갈두마을
거기 살리
거기 살리
유채씨 떨어져
다음해 유채꽃 환한 봄밤
거기 살리

글 모르고
나라 모르고
거기 살리

해남 토말 송호리
거기 살리
반장네 옆집
거기 살리
더는 갈 데 없이
거기 살리

갯지렁이
무지렁이
거기 살리

여진 암자

함북 길주 지나
종성은 멀다
부령
회령
은성은 더 멀다
물굽이 꺾어 두만강 하류
경흥
경원은 더 멀다

북관6진 그곳은 여진땅 먼 땅이었다
북관 건너 만주땅은 머나먼 땅이었다

오래 조선은 아주 엉터리였다 더 나아갈 줄 몰랐다
명나라
명나라만 섬기다가 다른 것을 몰랐다
망한 나라 남송 주자학 섬기다가
남송보다 더 눈먼 주자학 되어
다른 것들은 다 오랑캐였고
다른 것들은 다 역적이었다
오직 중화일 따름
큰 중화에 작은 중화일 따름
다른 것들은 문명이 아닌 야만 그것이었다

어찌 여진족을 이웃으로 바라볼 나위이겠느냐
어찌 여진족을 사람으로 사귈 나위이겠느냐
오줌 싸
그 오줌으로 얼굴 씻으면 그만인
짐승인데
어찌 여진족에게 말을 걸어보겠느냐

사흘 굶어도
말 달려 끄떡없는 여진족에게
쌀밥도 모르고
밀가루 개떡이나 먹는 놈들에게
어찌 정다운 이웃 족속이겠느냐

오랑캐가 온다
하면 어린아이도 울음 뚝 그쳤다
그뿐이었다

상고시대 숙신 읍루 고대 말갈
송대에는 금제국을 일으켰다
그뒤 그들은 다시 만주로 돌아갔다가
청제국을 일으켰다

인구 50만 병력 10여만으로
대명천지 명나라가 무너졌다

청제국 오랑캐 천지를 섬겨야 했다
조선은 살아야 했다
오랑캐를 하늘로 받들어 올렸으나
속으로는 그대로 오랑캐였다

심지어 한말 의병장 유인석은
밀리고 밀려
남만주 압록강 건너
내 어찌 오랑캐 땅에까지 이르러
구차히 신명을 보존하는고 하고 통탄하였다

그 땅이 여진땅 오랑캐땅 되땅임과 함께
오래오래 그들과 한 나라였던
조선 5천년 옛땅이 아니고
어찌 한갓 오랑캐땅이란 말인가 하고
그 뒤 신채호가 통탄하였다

여진족
지금은 영영 땅속으로 스머버린 족속이었다

여진어도 만주어도 다 없어졌다
그런 옛땅 종성쯤에는
지금은 조선인민 호적에 속해 있으나
여진족 마을이 있다
여진족 재가촌
어찌어찌 만주 문수보살의 불교 받아들여
마을 복판에 암자를 세우고
모두 다
사내는 거사이고
계집은 보살이었다

조선은 유교로 망하였다
여진의 본능
일본의 자유
월남의 의지
이런 이웃의 힘에 새로 익혀
새로운 메아리를 나눠야겠다

지금 남과 북 각질의 유교 파묻고
응애응애 아기 낳아야겠다
칠삭동말고 팔삭동말고
만삭의 아기 낳아야겠다

아니 여진족처럼 가장 자랑스러이 사라져야겠다 끙!

능라도

내가 능라도를 보았다
능라도가 나를 보았다 봄날 서로 얼굴 두 번이나 붉었다
끝내 그 섬은 내 눈안에 들어왔고
강물이 남았다
짐 싣지 않은 강물이었다

하회마을

강물이 한바퀴 휘돌아
모롱이져
그곳이 차마 하회였나이다
하회마을에 긴 긴 여름날 소나기 매미 울음소리
둥근 강물이 저물도록 들었나이다
처음 고려때는 이 마을이 하도 운치있어
허씨 일족이 자리잡았나이다
이웃집이 당숙댁이었고 넷째아우네 집이었나이다
몇십년 지내는 동안
그 허씨들 대신
슬슬 안씨 일족이 차지하였나이다

조선초기 그 안씨 마을에
문득 유씨 형제들이 버들가지처럼 스며들어 드리워졌나이다
그런데 안씨 집안 딸이 유씨네 총각한테 시집가
제 아들을 친정에서 낳음으로써
친정집 안씨네 정기를
유씨네 아이에 옮겨갔나이다
그 뒤로 하회마을은 유씨 일족의 마을이었나이다

그러나 하회탈춤 하회별신굿은
허씨고

안씨고
유씨고
그런 양반 따위와 아무 상관 없이
그 양반 밑에서 아주 많은 수고를 해온 백성의 것이었나이다
2월 추운 날 큰 고드름 드리워진 것밖에는
아무것도 가진 것 없는 백성들은
탈을 쓸 때마다 속이 후련하였나이다
껑충껑충 탈춤 놀 때마다 눌림과 막힘에서 풀림으로 돌아왔나이다

사내 몽두리춤
계집 오금비비기춤이었나이다
초랭이 조착걸음 빠른 제자리걸음이었나이다
할미걸음 엉덩이 뽑아 흔드는 걸음이었나이다
히쭉히쭉 이매걸음 바보천치 걸음
심술궂은 백정걸음
양반 황새걸음이었나이다
부네걸음 맵시걸음이었나이다
능청맞은 중걸음이었나이다

집에 불이 나도 의젓이 두루마기를 입고서야 밖으로 나갔나이다
그런 양반 아래
오로지 일밖에 모드는 아랫것들이었나이다

야아! 자아! 하고 풀림으로 돌아왔나이다

여자 값

고려의 한 시기 종년 종놈 값은 다음과 같다
15세에서 50세 사이 종년은
비단 120필이었다
실한 종놈은
1백필이었다

사내가 계집보다 싼 까닭이야
계집은 새끼를 낳아
장차 종년 종놈을 생산할 수 있음이었다

그런 종년 종놈 가운데
개성 송악산 숲속에 가 땔감일을 하다가
망이 망소이 종놈이
비단 몇천만필의 혁명을 꿈꾸었다
작대기로 나무 밑동
툭툭 치며

우리 종년 종놈도 제왕이 된다 때가 왔다
작대기 아니라 칼과 창을 들어야겠다

단군릉

가난한 역사이고 싶습니다
거룩한 것
그런 것 없는 역사이고 싶습니다
저녁 연기 나는 마을과
이웃마을들의 이야기이고 싶습니다
달밤 다듬이 소리면 아주 그만이겠습니다

단군께서 계신 역사
왠지 무겁기만 합니다 납덩이이기만 합니다
널리 사람을 이롭게 하고
널리 누리와 나라를 이롭게 하고
널리 억조창생을 이롭게 하는 일이야
어찌 바라는 바이 아니겠습니까
그러나

큰 역사보다 심신 낮춰
가난한 역사이고 싶습니다
너무 강한 것
그런 것을 겨루는 역사 아니고 싶습니다
쓸어놓은 길
손님을 먼저 보내는 길이고 싶습니다

그 손님이 나에게 물었습니다
단군께서는
백두산 밑 신시에 계셨나요?
거기 도무지 사람 견딜 수 없는 곳에 계셨나요?
그러다가
평양교외 계셨나요?
그러다가
구월산에 계셨나요?
또 그러다가
서해안 강화 마니산에 와 계셨나요?
아니 태백산줄기 태백산에 계셨나요?

왜 제주도에는
제주도 가기 전 추자도 뒷산에는
안 계셨나요?

단군 그이는 누구셨나요? 씨비리에서 오신 우렁찬 당골 아니셨나
요?

나는 무슨 대답은커녕 그 손님 그냥 보내고 말았습니다
신화는 신화대로
전설대로 그대로 있어도 좋습니다

오로지 가난한 역사로 가비얍게 날개쳐
무중력 춤 그 아스라한 데까지 춤추며 솟아올라 놀고 싶습니다

구룡연

그 폭포 수천만 물방울마다
열두색 빛살 번뇌 서려
겹겹으로 어두운 무지개 서 있다
어찌 여기까지 먼 햇빛은 내려와
대낮의 어둠 절반인가

귀 멀어라
귀 멀어라

그 폭포에 온몸 내주어
두루마기도
미투리도
삿갓도
두 다리 사이 무엇도 푹 젖었다

두 사람이 그 폭포 아래
물 깊이를 재고 있다
한 사람은 덩굴 끈 이어
그 눈금 살피며 물속에 드리우는데
한 사람은 뜻밖에도 아무 태 없이
거들고 있다

귀멀어라
귀멀어라

구룡연 깊이 4척 3푼

한 사람은 고산자 김정호
조선반도 방방곡곡 산천을 돌아다니며
묵묵히 지도를 그리는 뜻이고
한 사람은 김삿갓
조선반도 방방곡곡을 돌아다니며
산과 물 사람됨됨이로 꺼이꺼이 시를 읊는 술잔이라

구룡폭포
그 위에 상팔담 있다
그 아래 흘러 흘러
시퍼런 동해 있다

두 사람 폭포소리 밖으로 나와 푹 젖은 채 섰다

화개장터

사람아
더도 말고
섬진강만 하거라
섬진강만 하거라
따오기 서넛 날으는 저녁 강물만 하거라

서귀포

서귀포에서는 사랑할 줄 알아야지
헤어진 사람
반벙어리로
반벙어리로
목놓아 그리워해야지

태산 같은 미움들 소용없이 뉘우쳐야지
앞바다 가을 흑조(黑潮) 떼지어 가는 동안
갈치같이 빛나며
그리운 것 묵은 골수 빠개어 그리워해야지

수분리 지나가며

백성으로 태어나서
백성 갑을병정으로 살아가는
그 독실한 무명씨를 생각할 일이다
소식 우련한 날
그늘 있으면
거기 쪼그리고 앉아
쉴 참 한때를
싱겁디싱겁게 웃고 마는 그 무명씨를 생각할 일이다
전라북도 장수 수분리 다랑논 지나가며
두고 두고 생각할 일이다

평원가도 수안땅 지나가며

아파도 아픈 것을 잘 드러낼 줄도 모르는 얼굴이었다
굶어도
배고프다 배고프다 하지 않고
그냥 견뎌 굶는 얼굴이었다
1년 전 잃은 어린 자식이야
생각 속에 묻어두었다

저녁 연기 한가닥이 반가운 손님이언만
반가워할 줄도 모르는 얼굴이었다
날 저물어
싸락눈
그것이라도 다 맞아주는 말없는 얼굴이었다
앞산자락 바위 곁에는
흔한 상수리나무 그대로 어엿하고
개는 어쩌자고 사람에게 그다지 충성스러운가
황해북도 수안땅 두메부락
지난 여름은 더웠다
더위먹어도
하루내내 두 밭에서 사는 슬픔 없는 얼굴이었다
아직 '김매기 전투에로!' 간판이 마을 앞길을 두고 서 있다

위화도

압록강 하류 수풍호 섬
의주군 용계섬
상담성
신의주 유초섬
이윽고 강 끝 신서섬
그러다가 서해 비담섬 큰 섬이다
조선땅이다

압록강 복판이 국경이 아니라
압록강 북쪽 기슭이 국경이었다
이는 북한 영토외교의 힘이었다 자못

압록강 시원
저 백두산 천지도
조선 이래
아예 청나라 영토였다가
1950년대 후반
천지 5분의 3이 조선이고
5분의 2가 중국 영토로 되었다
이는 자못 북한 영토외교의 힘이었음을 안다

압록강 위화도도 조선땅이다

그 섬에서
고려후기 이성계가 말 머리를 돌려
북벌의 기상 내버리고
제 왕조를 세우기 시작했다

강 건너 안동은 예로부터 도독부
서역의 안서도독부
월남 안남도독부
그리고 조선 경영의 안동도독부였다
거기서 말 머리를 돌렸다
부여
고구려
발해 옛땅을 아주아주 버렸다

사나이 두엇이서 울분의 술 주고받기 좋은 곳이었다
위화도의 불 없는 밤

울진 불영사

가게
불영사로 가게
불영계곡 열두 굽이 돌아
체머리같이 가게
가면 계시느니

그대 허전한 몸 부여안아 들일
작은 품
차츰 커지는 품 계시느니
어서 가게

달 진 뒤의 새 어둠 계시느니

계(契)

조선 2천만
한 핏줄 동포
한가지로
만나면 저고리 벗어
바꿔 입는 동포

그 양반들
그 상민들
그 노비들 그 천민들

조선 한양육조 원표에서
두만강 은성까지 2천리
목포까지 1천리
3천리 강토 방방곡곡
산비탈
들 가녘
모둠모둠 사는 마을
8도 7만1천여 마을

어디메 구석구석까지
그놈의 싸가지없는 행정이 미치리오
오직 세곡 세포 걷어가고

부역 나가고
마구 빼앗고 억누르는 행정
차라리 없는 게
열번이나 좋았다
자식 낳으면 땅 팔아 세곡 내어야 하니
자식 낳기 전 불알을 까버렸다

그런지라 마을마다
그들까지 꾸려나가는 게 좋았다
열번이나 좋았다
마을 어른들이
해와 달 별로 운세를 보고
악행 있으면
꾸짖어 벌하고

그렇게 마을 동포 하나로 되어 살아갔다
그렇게 계를 모아
호포계
송계
학계
촌계로 살아갔다

온 마을이 가입한 호포계야
과중하므로
3년 혹은 5년 분할 출자로
곡식이나 돈으로 비축해두어
그것으로 이자 늘어
호세를 물었다

심지어 마을 형벌도
절도나 유산범을
태형 추방 대신
벌금형으로 호포계 기금에 채워넣었다

마을 동산 나무 심고 나무 기르는 송계
공제계
상여계로 상여 지어 상엿집에 넣어두었다
누가 죽으면 유소보장 휘날리는 상여에 실려
뒷산 앞산으로 갔다
계원이 상여 메고
계원이 초상 마당 밤샘하였다

혼계로 시집 장가
차일 쳐야 하니

차일계였다
불난 데 화계
소 한마리 우계
일부러 소 도둑맞았다고 꾸며대어
우계 곗돈 탔다가
소망신 개망신도 있었다

종중계 문중계 위토계
정월대보름날 한식날 추석날의 세찬계

바닷가 어촌 선계 어망계
어버이 위한 친수계 헌수계
스승 위한 은문계 문하계
동갑계
시 동인 금란계
활쏘는 사정계
산에 가는 유산계
과부끼리 과부계

아니 고대 젊은이들
책 읽는 계약
돌에 새겨 산에 묻고

하늘에 서약하며
나라 위해 몸 바치는 계
사생동지계도 있었다
요즘 계마담 튀면 수십억이 결딴난다
여기저기 죽어나가니
이야말로 사생계인가

달래강

평안북도 바람이 천막처럼 두껍게 불어닥쳤다
적유산맥 끝자락
정주 달래강
자그마한 강
잔 고기떼 오르다가
다시 내려가
오르다가

달도 별빛도 담글 줄 모르는 달래강
풀피리이기 전의
풀
민들레씨 전의
민들레꽃 달래강

1811년 홍경래는
2천 병사와 함께 싸웠다
예쁜 아가씨
달래도 싸웠다
관군이 밀어닥쳤다
달래 치마 쓰고
이 강물에 몸 던져 죽었다
달래강이 되었다

강이 자꾸 작아졌다
달래강
달래강

뒷날 아낙들은 이 강물에 빨래하지 않았다
몸 씻지 않았다

풀피리 부는 아이 자라서 떠났다
민들레씨 날아올라
청천강 건너 문덕까지 날아갔다
정주 곽산 괴괴하였다
선천 동헌 괴괴하였다
쓰라린 관서 밤하늘 성운 총총하였다

거문도

아이가 물었다
왜 우리는 여기서 살아?
할아버지가
먼데 수평선을 바라보았다 대답이 궁했다
동백꽃 피었다

바다 건너
여수 오동도에도 필 것이다

백령도

서해 백령도에서는
바다 건너
중국 산동성 청도어장에서
고깃값 흥정하는 소리를 들어서
바다 건너
한국 인천 연안부두에 전해준다

또한 북한의 남포
남한 인천의 고철값을 알아다가
산동성 주물공단에 전해준다

2천년 내내
그런 일을 해오느라
섬의 바위들은 큰 키로 귀를 쫑긋쫑긋하고 서 있다
그런가 하면
저 아래 강남에서 몰려오는
태풍이나
태풍에 앞서 몰려오는
바닷속 조기떼를 맞아들여
한번 쉬게 했다가 보내느라 온몸을 벼랑져 세우고 있다
이곳 사랑에는 이별이 많았다 오고 가느라고
아픈 밤이 많았다

나바위

1845년 10월 12일 밤
배가 나바위 물가에 닿았다
쉿!
금강 하류
전라도 익산 망성 화산리 포구였다
나바위

다음날 숨어 있던 갈숲에서
두리번 두리번
프랑스인 페레올 주교
다블뤼 신부
그리고 중국으로부터
그들과 함께 돌아온 김안드레아 대건 신부였다

아주 어린 시절 떠나서
맨 먼저로 돌아온 젊은 신부였다

소한 대한 넘으며
청둥오리 내려왔다
그중의 한 마리가
갈숲에 숨겨둔 십자가를 쪼아보았다

1년 뒤 잡혔다
한양 새남터에서 목 잘려 죽었다
그 뒤 나바위는 차츰
바닷물 들지 못하고
논과 밭이 되었다
나바위 포구 묻지 마라
쉿
아무도 모르는 곳이었다 오랫동안

사과꽃 따는 여자들

눈보라가 많은 겨울이었지요
그 뒤 문 열리듯
봄이 왔어요
구월산 아지랑이 널리널리 잠겼어요
아직 세상은 고적한데
그냥 봄이 왔어요

사과꽃 피기 시작했어요
구월산 밑
은율 아낙네들
그 바깥고을 장연 아낙네들
송화 아가씨들 길 나섰어요

머릿수건 쓴 그네들
한번에 열 사람
스무 사람
사리원 황주 사과밭으로
사과꽃 따러 가지요
사과꽃 너무 많아
드문드문 솎아주러 가지요

그네들끼리 걸어가며

이 마을 저 마을 지나가며
부르는 노래
때론 구성지고
때론 아련히 가슴 서럽지요

고개 넘어가노라면
그 노랫소리 멀어지는데
마을 총각들 아쉬워
괜히 아무데나 돌팔매 던지지요
따라나온 개 쫓아보내고 말지요

사과꽃 따는 아낙들 아가씨들
사흘도 나흘도 걸려
사과밭에 다다랐지요
다음 아낙네들
며칠 뒤 이어 오지요

지나는 마을 안사랑 찾아
하룻밤 머물고 갈 때
장연 미역 한가닥 밥값으로 놓아요
송화 마른 생선도 내놓아요

마침내 사리원 사과밭 황주 사과밭
푸릇푸릇 사과나무 잎새에 질세라
하이야니 사과꽃 자욱 피어났어요
그 사과밭 여기저기
은율 아낙네 장연 아낙네
송화 아가씨 사과꽃 따며
하나는 노래하고 하나는 들어요
그러는 동안 쉬지 않고
팔 들어 눈길 들어
높은 꽃들 숭숭 솎아내어요

며칠 품 마치고 나서
돌아가는 길
정방산 성불사 구경이나 하고 갈까 말까
봄볕에 며느리 내놓고
가을볕에 딸 내놓다는 말대로
봄볕에 실컷 얼굴 탔어요

돌아가야 했지요
돌아가야 했지요
봉산장 들러 그 장구경 할까 말까
그러다가 그냥 돌아가야 했지요

토끼 같은 새끼 있고
말뚝 같은 영감 있는 집으로 가야 했지요
바람이 앞에서 불면 바람 안고 가야 하고
바람이 뒤에서 불면 바람 지고 가야 했지요

모심는 아낙들

늦은 봄 산딸나무 환히 환히 꽃피어났어요
그 언저리 추위가 남아 있어요
아무래도 한반도 남녘땅부터
모심기 시작하지요
전라도 영산강 넓은 들부터
김제 만경 외애밋들
하늘과 땅이 맞닿는 그곳
허허벌판 물을 채워
아기모 파르라니 심어가지요
온 세상 떠내려가게
개구리떼 밤새도록 울어대어요
경상남도 김해 밀양들 한창이지요
어느새 연둣빛 무논이어요
고모령 넘어 허위단심
충청도 내포평야 모심은 논
그 연둣빛이 세상을 바꿔놓아요
천년 같은 애옥살이 바꿔놓아요
이렇게 파릇파릇 새 세상인데
마을마다 모심는 일손 기다리지요
전라도 아낙 한 패거리 모꾼이 되어
이 마을 저 마을 모심어주고
경상도로 넘어가 모심어주고

충청도로 올라가 모심어주고
품삯 받아 나누면서
경기도 평택 장단 연백 거쳐
황해도 나무릿벌에 이르러
한바탕 이 논 저 논 모심어주고
안주 열두삼천벌 그 들녘 모도 심은 뒤
어느덧 철 지나서 고개 들어요
그동안 끙끙 앓아도 큰 병 모르고
이 나라 이 강산 푸른 농사 지어놓았어요
몇몇 아낙들은 그것으로 모자라
평양 모란봉 구경한 다음
함경도 함흥 들로 넘어가
그곳의 아바이논 모심어주어요
돌아가는 길 돌아가는 길
첫여름 초록세상 이루었으니
돌아가는 길 두고 온 자식 생각 벌벌하지요

들

백년을 잘못 살았다
가도
가도 들이었다
나주 영산포
여기 주춧돌 놓고
다시 살아야겠다

산이 없어도 좋았다
바람에 다 내어주며
더이상
뉘우칠 사랑 없어도 좋았다

삼십리 밖까지
할아버지가 되고 싶어라
할머니가 되고 싶어라
그래서야
삼십리 밖까지
나주 영산포를 훤히 집안 삼는다

가슴 같은 2월 하늘 속
보이지 않을 때까지 노고지리 솟아올라
노고지리 소리만 떨어진다

기는 아기 한번 서고
개 늙은이는 사립 옆에 가만히 눈감고 있다
세월은 하느님보다 거룩하여라
여기서 다시 살자
쌀처럼 하얀 달밤에도
불볕에도 더위먹은 곡식이 익어간다

가도
가도 온통 들이었다
새떼 용케 날아드는
나주 영산포 들이었다

평양 교외 용악산 법운암

섣달 쨍 하고 소리나는 맑은 날이었다
장갑 속의 손이 꽁꽁 얼어
어린아이같이
퍼렇게 추웠다

평양 순화물 만경물 감돌아
용악산이 틀어올라 혼자였다
산 위 법운암
앙상한 나뭇가지 사이에 풍경 멈추고 있다
얼토당토않는 사미승 원종이 숨어들어
부모와 함께 주지였다

인천 감옥 뛰쳐나와
여기저기 숨어다니는 동안
저 아랫녘 마곡사에서 삭발한 청년 김창수였다
장차의 임시정부 주석 김구였다

거기서 시를 읊는 시승이었다가 술먹는 주승이었다가
그만두고 떠나버렸다
한 운명을 마치고
다른 운명을 시작하였다
커다란 울음을 시작하였다

겨울처럼
여름처럼

가마고개

경상남도 하동 옥종면 종화골에서
안계골로 넘어가는 고갯길
가마고개

조선 광해왕 시절
영남 성리학의 서쪽 거두
남명 조식의 학통을 이어온
종화골 집안에서
고명딸 시집 보내는 가마행차가 나섰으니

공교롭기는
공교롭기는
된장잠자리에 고추잠자리인지
영남 동쪽 이황의 학통 이어온
안계골 집안에서도
막내딸 시집 보내는 가마행차가 나섰다

백년 내내 두 학통은
서로 달라 원수였던 집안이었다
그런 두 집안의 딸 가마가
고개에서 맞닥뜨렸으니

서로 헛기침이나 하며
못 비켜갈 것도 아니건만
길 터주어
문둥이도 보내듯
보내지 못할 것도 아니건만

골수에 사무침인가
네가 비켜라
네가 비켜라 하고 맞닥뜨린 그대로였다

열이틀째 밤 서서 버티었고
열사흘째 버티었다
차츰 이 일이 알려지자
두 학통 유생들이 모여 와
초막까지 치고
서로 으르렁거렸다
두 집 신부가마가 오지 않으니
신랑 집안에서도 달려와 맞닥뜨렸다
그러자 영남 여러 곳에서
퇴계 이황파
남명 조식파 문하에서 몰려와
종화골 안계골 고개는 인산인해로

서로 으르렁댔다

과연 나라 망하는 것보다
집안 망하는 것
학통 망하는 것이 더 견딜 수 없는 패거리들이었다
마침내 두 집안은
시집가는 가마 속 딸에게
무거운 돌덩이를 비단 치마에 싸안고
그 고개 밑
덕천강 벼랑으로 몸을 던지게 하였다
그러고 나서야
큼큼 헛기침 남기고
두 손 싱겁게 털며 두 갈래로 흩어져버렸다

그래 그 고개 별수없이
가마고개였다

가마고개

눈 오시누나

함흥 만세교 건너가는데
눈 오시누나
한 닷새 작정하고
눈 오시누나

앞 못 보게 오시누나
돌아갈꺼나
돌아갈 길 모르게 오시누나

어쩔꺼나
다리 건너
문 닫은 주막 찾아들어
어쩔꺼나

눈 오시누나
눈 오시누나
짐승 하나 없이
찾아갈 그대 없이

금강산 비로봉

송구스러이
봉우리
봉우리들을
골짜기
골짜기들을 내려다보았나이다
금강산 비로봉 오후 한시 무렵

여기까지 오르는 동안
그렇게도 어지러이 감탄해마지 않은
아름다움이란
결국에는 사람들의 건달이었고
나의 건달이었나이다

맙소서
아름다움이란 헤어날 수 없는 암흑이었나이다

한글

오늘밤 나는 경기도 안성에서
평안북도 향산군 최형민씨에게 편지를 씁니다
경기도는 남한이 아니고
평안북도는 북한이 아닙니다
그냥 그곳이고 이곳입니다
그가 북한사람 아니고
내가 남한사람이 아닙니다
그냥 같은 땅의 사람입니다

식민지시대의 굶주린 어린아이들이었고
만주사변
중일전쟁
미일전쟁 이후
6·25 남북전쟁 이후
폐허의 청년이었습니다 한 또래 절반이 죽었습니다

그곳은 그곳대로 초토를 밭으로 만들었고
완전 폐허 평양은
남은 건물이라고는
보통문과 여느 은행건물 두 채뿐이었습니다
그곳에 부다페스트를 새로 세웠습니다
이곳의 벌거숭이 산야도

차츰 녹음이 뒤덮여 오소리가 새끼쳤습니다
폐허 서울 여기저기도
우쭐거리는 고층 건물이 다투어 섰습니다

저 6·25 그때
최형민씨는 인민군이었고
나는 세 번의 징병검사 무종을 맞아 보충역이었습니다
그런 뒤 적이었던 그와 나는
아무런 적의 없이
그가 사는 향산군에서 만났습니다
오직 반가웠습니다
반가움이 자꾸 커나가
거기 묘향산 긴 긴 동천도 함께 바라보았습니다

지금 그곳 탐밀봉 탁기봉 숲은
단풍져 불덩어리이겠습니다
그런 곳에서 있을 당신에게
함께 태어난 쌍둥이 형제인 양
허물없이 허물없이 편지를 씁니다

사연인즉 보현사 뜨락에서
몇마디 나눈 말의 연장입니다

본디 불상이 없이 시작한 것입니다
형상은 진리가 아닙니다
형상뿐 아니라
진리란 진리의 이름도 없습니다
그런데도 유정(有情)한지라
스승 떠난 뒤
스승의 얼굴 그리워한 나머지
스승이 앉았던 보리수 아래를 생각한 나머지
그 보리수 잎새 하나를 그려놓고
그것을 늘 바라보았습니다
유정한 사람이야
그 알몸뚱이 어디에도
무슨 장식을 해오는 터여서
허공 무인지경의 막막함보다
벽에 잎새 하나 그려놓고 바라보았습니다
그러다가 그 진리의 행로
서북쪽으로 가서
쿠샨왕조 카니슈카 황제의 곳
간다라에 이르렀습니다
바로 그곳 간다라 사람들이
찬란한 진리를 그대로 두지 않고

형상으로 만들었습니다
그 진리의 원조인 석가상을 만들었습니다
아름다웠습니다
아름다웠습니다
옛날 갓스물의 대왕 알렉산드로스 원정군
그 병사의 후손으로
머나먼 타국땅에 정착해서
그리스 조각 솜씨를 전승해오다가
아름다운 석가상을 만든 것입니다
그 형상이 몇백년을 지나는 동안
동으로 향해
서역과 중국 고려에 이르렀습니다
그럴진대 그 형상이
그곳 묘향산 보현사에도 안치되었습니다
어느 왕가나 권세가가 아닌
저 황해도 백성 중의 젊은 형제가
고려의 한 시기 초막을 지은 이래
보현사의 수려한 도량이 되었습니다
그래서인지 보현사에서는
스승과 제자 사이의 도타움과 달리
형과 아우 사이
벗과 벗 사이 그 쓴맛도 우려내는

긴 긴 시냇물 냇물 강물 같은 생애가 있었습니다

이런 편지에야 사연도 없고 숨겨야 할 용건도 있을 리 없습니다
하지만 보낸 사람으로부터
받을 사람에게까지
이것이 온전히 전해질지 어쩔지 모르겠습니다
아니 도중의 어디선가 쓰레기통에 들어갈지도 모르겠습니다
그곳과 이곳은 아직껏 금단의 땅입니다
50년 이상 지긋지긋 분단의 땅입니다
살아 있는 휴전선은
사람들의 마음속에도 가시철망 쳐져서
어디에 편지가 오고가겠습니까
어디에 그리움 주고받을 소식이 오고가겠습니까

오직 그곳 향산군에서도 한글을 쓰고
안성에서도 한글을 씁니다
그곳에서도 같은 땅의 말을 하고
이곳에서도 같은 말을 합니다
오랜 교착어
우랄알타이어족 알타이어족의 말을 합니다

더러 중국말도 만주 여진말도 끼여들었습니다

퉁구스말도 거란말도
판도방 노름꾼 투전에도 거란글자가 새겨져 있습니다
선비말도 몽골말 달단말도
말 달리는 흉노말도 돌궐말도
왜말도 유구말 아이누말도 끼여들었습니다
허허 먼 핀란드말
마다가스카르말 폴리네시아말
인도말 페르시아말 아랍말
셈족의 말도
아일랜드말 켈트말
포르투갈말
아니 대서양 서인도말까지 하나둘 건너와
고려말 우리말에 끼여들어
우리말이 되어버렸습니다

옛말과
오늘의 말
어린 시절의 말과
오늘의 말 덧없이 변하건만
어머니 젖가슴에서 배운 말임에 어김없습니다
아 한글로 이곳과 그곳에서 편지를 쓸 날이 옵니다
그날의 반가움을 빌어 마지않으며

안성에서 향산으로 갈 수 없는 편지를 씁니다
우선 이것이면 됩니다 사람보다 새가 먼저 가고 옵니다

다보탑

불국사 마당
석가탑은 있고
다보탑은 없다

어느날 다보탑은 있고
석가탑은 없다

어느날
석가탑도
다보탑도 없다

있는 것은 수많은 눈길뿐이었다
잠 못 이뤄 충혈된
맑게맑게 개인 하늘과
한통속일 수 없는
여러 고장 바스러진 눈길뿐이었다

늦가을
비가 왔으면 좋겠다
초겨울
싸락눈이 한나절 왔으면 좋겠다

돌아와
찍은 가난한 신혼여행 사진 속에
다보탑도 있고
석가탑도 있다 아무런 걱정 없이

이계조(李啓朝)

금강산에는 이름들이 많다
금강산 벼랑이나 너럭바위에는
이름들이 많이 새겨져 있다
금강산은 이름난 산인지
이름의 산인지 모르게 이름투성이였다

이계조

그 이름을 나는 몇군데서 보았다
내금강 만폭동 바위에서도
내금강 만폭동 보덕암 벼랑에서도 보았다
외금강 옥류동에서도 보았다
해금강 가는 길
삼일포 호수 건너
몽천암 바위에서도 보았다

나는 그 이름에 대고
마구 사나운 욕을 퍼부으려고 벼르다가
아차 딴 생각이 났다

그 이름은 이름의 본인이 새긴 것이 아닌지 몰라

238

그를 지극히 사모하던 한 여인 있어
그가 죽은 뒤
사모하던 님의 명복을 빌기 위해
그 이름 못 잊어
그 이름 못 잊어
조선 제일명산 금강산 여기저기에
그 이름을 새겨놓았는지 몰라
그뒤 5년쯤 지나 그녀도 세상 떠났는지 몰라
이 생각 때문에
내 욕 가득한 입이 다물어졌다

내 입에서 이계조! 이계조! 이계조! 하고 중얼거렸다
내 마음속에서 그 이름 새기며
산을 오르내리던
한 여인의 뒷모습 어른거렸다
그녀의 이름
이 세상 누구에게 전해졌는지 몰라

다시 함흥 만세교

첫여름입니다
이로부터 긴 여름입니다
뻐꾸기로
매미 쓰르라미로
이 나라의 길고 긴 울음입니다
함흥 만세교 지나가며
오직 있는 것은 오늘일 뿐
그 많은 어제들이 없습니다
우루루 날아가버린 새떼 뒤
하늘이 큽니다

저 아래 흥남 철수 때의 아비규환 다 없습니다
벌써 백년이 지나갔습니다

흰옷

태양의 족속이었나이다
상고 부여
고구려 백제 신라 발해
고려 조선 역대로
태양을 섬겨왔나이다
태양이 떠오르는 산을 섬겨왔나이다
태양의 빛 흰빛을 섬겨
옷도 흰옷일 따름이었나이다
온 백성은
언제까지나
언제까지나 흰옷일 따름이었나이다

1919년 서울 덕수궁 앞
3·1운동 독립만세 부르는 백성들
온통 흰옷일 따름이었나이다
1945년 8월 15일 서울 서대문형무소 앞
해방만세 부르는 백성들
온통 흰옷 입은 백성일 따름이었나이다

1951년 1월 초
한국전쟁 1·4후퇴 당시
평양 대동강 철교는

온통 흰옷 입은 피란행렬이었나이다
그러다가 50년대 내내
전란에서 살아남은 사람들
미국 구호물자 옷을 입기 시작하였나이다
너도 나도 흰옷 대신
군복 물들여 입었나이다

아 나도 흰옷 입은 지 오래었나이다
태양의 족속인데
태양의 빛이 아닌
한밤중의 어둠 같은 검정색 옷을 입었나이다

누가 죽었을 때 흰옷이 상복이었나이다
또 누가 죽었을 때
똑같이 검은 옷이 상복이었나이다

아 오랫동안 지는 해의 찬란한 진홍빛을 사랑하였으나
이로부터 정오의 태양
그 쳐다볼 수 없는 순백의 중심을
눈멀어 섬기고 사랑하고자 하나이다
태양의 수명 50억년이
내 삶과 죽음의 시간이므로

태양같이 태양같이 언젠가는 무아이고자 합니다

새재 주막

삿갓 쓰고 넘어가리
충북 괴산 연풍면 원표리
새재 마루턱 아래
주막이 있다

산에서 쓸어내리는 바람소리에
비오는 소리 뒤따랐다
낮은 처마 낙숫물 부산했다

봉당 건너
방 셋이었다 쪼르르 못 배운 자식 같았다
방바닥이 마루쪽보다 낮았다

지은 지 3백년이
어지간히
문경 새재 넘어가는 길손들 달래었다
막걸리 한 사발이면 목마름이 풀렸고
막걸리 서너 사발이면
굴풋한 시장기 메워 스르르 잠이 왔다

삿갓 쓰고 넘어가리
주막 주인 김치중은 벌써 몇대째였다

지나던 박삿갓이 읊었다

상감마마 5대보다
이 새재 주막 5대가 좋구나

김삿갓 자자해지자
세상에는 여러 삿갓이 떠돌았다
그중의 어느 삿갓은 김삿갓보다 더 시인이었다

북청 우물마을

파넴새가 났다
마을 인민위원회 문은 겨울 내내 잠겨 있다
위원장이 위원회였다
우물마을 서른네 집
모두 오래된 동무들이었다
종석동무
판수동무
인애동무

이 세상에
처녀의 아들은 하나가 아니라
여럿이다
이 마을에도 그런 아이가 있다

겨울 어디에 큰 눈사태 같은 것이 날 수 없게
꽁꽁 언 날의 종소리가
마을의 구석구석에 가고 있다

입 무거운
처녀 문숙의 아이 이름은 성구였다
아빠는 태어나기 전부터 없다
날리던 연이 정전된 전깃줄에 걸려버렸고

성구와 다른 아들은 보이지 않았다
녀석들
찐 감자 소쿠리에 둘러앉았으면 얼마나 조용하랴
그친 눈이 오기 시작했다
바람과 함께 가루눈
세상이 예감 가득히 캄캄해졌다

인천 연안부두

밀물의 밤
모든 나팔소리를 멈춰라
어두운 물의 끝 모를 춤
모든 장벽은 소리없이 무너져라
모든 거리의 차별을 없애버려라

부르는 큰소리가 없어도 좋았다
가만히 입 달싹여
지난날
헤어진 여자의 이름을 입안에 담고 있어도
하루내내 시끌덤벙했다
가장 먼 백령도에서 누군가가 건너온다
그 다음 대청도 소청도에서
누구누구가 수군대며 건너온다

연평도 고운 머리 가리마를
아무렇게나 헝클어진 머리로 숨긴
어머니를 잃은 아가씨가 건너온다
상장(喪章) 그대로

그러자 대부도 총각들
영흥도 과부들

덕적도 진한 눈썹의 사내들이
서슴지 않고 건너온다

그리하여 멀고먼 바다 건너
아무도 예찬하지 않았던 바다의 장엄한 저녁
그리고 태풍의 폭력
믿을 수 없이 고요한 밤의 공기
아침 해돋이 직전의 바쁜 파도들
그것들을 두고
여기 모여들어
전혀 다른 사람들의 얼굴이었다

밀물의 밤
그들은 육지의 말이 아닌
한 나라의 말이 아닌
바다 전체의 말로 말하기 시작하였다
어둠은 입이었고 귀였다

인천 연안부두 밀물의 밤
모든 미움은 가거라 어설픈 사랑과 함께

청도 운문사쯤

하루내내 숙연한 산그늘 속에 잠겨 있었다
내 온몸 부끄러움투성이였다
개가 있어
열심히 짖기를 바랐다
나아가지도 못하고
물러나지도 못하고
개 짖는 소리에
무언가 시시한 것 하나쯤 깨닫고 싶었다

개 짖는 소리 대신 고요였다가
어린 사미니가 치는 중모리 북소리였다

이 경내에 어느 놈의 큰소리 큰생각 따위 오지 말라
배추밭 고른 배추들이 정녕
운문사 사미니 비구니의 앉아 있는 얼굴 옆이었다
이슬이나
서리 같은 젊은 얼굴이었다

광주

한번 태어나서
지겹도록 사랑할 만한 도시
지겨운 장마 뒤
보는 쪽마다
걸린 무지개 사라지는 도시

아니, 언제나 예감의 도시
아이들은
오늘보다 내일을 좋아했다
수많은 가능성이 죽어버린 도시
어른들은
오늘보다
어제가 너무 많았다

오늘이 힘 없는 도시
그곳에 가면
어제의 사람이고
먼 후일의 사람이다
그러나
탱크가 왔을 때 오늘이었다
죽음의 도시

휴전선

지난 55년간 감사하다
한반도 휴전선 6백리
그 비무장지대
옛 주인들
자다 일어나 발 동동 구르며 애태우다 만 땅들
그 누구도 관리하지 않은 풀들
풀벌레들
나무
나무들
짐승들 잔짐승들 세균들
너희들을 위해서 부디 영원하라
휴전선

그 이쪽 저쪽도 넓혀가거라
휴전선
동북아시아의 귀신 같은 희망들 여기 오라
넓혀가거라
넓혀가거라

후기

한점의 의심도 남겨두지 않은 푸른 하늘 아래 젊은날 이후 나의 의문은 너무 많았다. 이제 그런 것들에 대한 통렬한 해답만을 갈구하지 않는다. 해답 역시 어느만치 허구인지 모르기 때문인가. 화해란 한 개인에게도 이렇듯이 쉽게 찾아들지 않는다.

이런 생각을 요즘 해오던 차였다.

심심하면 적어두는 일지의 한 부분을 펴보았다. 1999년 4월 30일 금요일의 것이다.

"꿈속에서 전작시집 『남과 북』 구상을 자세히 했다. 남과 북에서 함께 읽히는 시집이기를 바란다."

버클리대 봄 학기 시론 강의가 거의 끝날 무렵이었다. 주 3일의 강의 배정이라 얼렁뚱땅 한가해질 겨를 없었다. 동아시아학부 부장이 5월 20일 학부별 졸업식에 꼭 참석해달라는 당부를 하는 한편 기말

고사 출제와 보고서 채점, 면담, 사무처리 등으로 어수선해지는 때여서 내 꿈속의 구상은 그 뒤로 연연해질 수 없었다.

하바드에 돌아와서도 기왕의 주거를 새로 옮겨야 했고 때때로 진공 속으로 들어가버린 듯한 모국어에 대한 자책도 없지 않아서 이런저런 긴장을 낳았다.

그럼에도 여름방학 중의 7월 6일부터 이 시편들은 집중적으로 씌어져 7월 27일에는 112편에 이르렀고 7월 31일에는 나머지 22편이 더해지게 되었다. 오랜만의 일이었다. 아마도 이 집중 다음에는 그냥 멍청해질 수밖에 없을 듯하다.

그동안 하나의 눈으로 여섯 방향을 다 쳐다보려 했던 그런 어지러운 행장을 이 시집에의 몰두는 어느만치 바꿔놓을 수 있었다. 가족의 공덕이 컸다.

이것은 지난 40년 안팎의 내 문학 도정으로 얻어진 것은 말할 나위가 없으나 여기에 보탠 당장의 충동은 지난해 북한방문 15일 동안 현지에서의 여러 감회와 함께이기도 하다.

그 감회는 일단락되었다. 기행문 또는 시편들이 그것인데 연재 뒤에 출판을 마쳤고 TV화면으로도 50분짜리 몇회가 방영됨으로써 그 방문의 뜻을 다한 셈이다.

하지만 그 여진은 아직도 내 몫이어서 미국생활의 낯선 경험 가운데서도 내 심중의 의식과 무의식 둘 다 늘 건드리고 있었다.

남은 남 혼자가 아니고 북은 북 혼자일 수 없는 현실이 분단시대 남북의 자기 모순이기도 하다. 늘 불화(不和)로서의 상대방을 확인할수록 그것에 내 얼굴이 찍혀 있고 또 하나의 '나'가 늘 '너'와의 복수(複數)였던 것이다.

254

한참 살아보면 또 그랬고 또 그랬던 것을 깨닫는 것이 어언 분단의 세월이었다.

지금의 나는 7, 80년대의 나처럼 즉각통일론을 서슬지게 내걸지 않는다. 그러기는커녕 통일이라는 말에 근신할 정도로 그것의 비전투적 잠복기를 늘여가고 있다. 그 시절의 두 가지 절실한 과제인 민주화와 분단극복은 이제 구호의 시기를 벗어났다. 단계로서의 인식과 실천의 일상이 요구된다.

통일의 자연스러운 것, 통일에 앞서 삶의 품성을 높이는 것, 통일이 단순한 재통일이 아니라는 것, 통일이란 통일이론 엘리뜨들에 의해서 주도되지 않고 뜻밖에 역사의 불가지적 운행으로 이루어진다는 것을 알 만한 때에 나도 속해 있다.

4월혁명 당시의 순결한 통일론이나 70년대 초의 통일당위의 열혈들이 값진 것과 7, 80년대의 통일이데올로기 신학화(神學化)의 진영에 대한 평가에도 불구하고 지금 남과 북은 그 자신의 본분을 입다물고 돌아다보아 마땅하다.

이런 생각과 함께 이 시편 『남과 북』은 남과 북의 수준 낮은 정치현실로부터 비정치적인 조율과 문화로서의 음향(音響)을 지향하는 분단 이전의 노래이기도 하고, 분단현실의 몇 단면에 다가가는 노래이기도 하고, 더 나아가서 분단 이후의 어떤 시기에 들어맞는 노래이기도 하기를 나는 바라고 있는 것이다. 그렇게 과거, 현재, 미래는 내 시간의 영역이다. 이 점 자각보다 자연발생적인 것이 내 사상의 절반에 우세한 사실도 밝혀두고 싶다.

아 어느 것이 진면목인가.

때마침 사람들이 이구동성으로 말하는 20세기의 끝에 서 있다. 이 끝은 다른 세기의 시작이다. 그렇다고 해서 사람들의 면목이 전혀 다른 것으로 바뀌어지는 것은 아니지만 시간의 한 필연적인 절목(節目)은 삶의 새로운 전환을 명시하기 십상이다.

나의 시 40년 이상의 이력으로 이런 기운을 굳이 도외시할 까닭은 없다. 그래서 시에 대한 전과 다른 염원도 얼마든지 가능한 듯하다.

여기 한마디 덧붙이고자 함은, 내가 시인인 것을 그 모진 과정을 무릅쓰고 싫어하지 않는 이유의 하나가 세상이 시로부터 자꾸 멀어지는 때에 내가 시인이라는 사실이다. 또 하나는 시인은 그 자신을 소멸시킬 수 있는 사람이라는 사실이다.

앞의 것은 시인의 삶을 길게 만들지 모르며 뒤의 것은 시인의 삶을 다른 삶에 연결시킬지 모른다.

시인은 행복할 권리가 있다고 말한 네루다의 소박한 뜻이 마치 막혔던 물이 세차게 흘러가는 것처럼 내 한쪽 인조 고막에 몰려드는 소리가 되기도 한다.

나에게 고생 많이 한 모국어 없이 그런 행복의 한조각이나마 가능하겠는가.

1999년 깊은 겨울
미국 동북부에서
고 은